Zaid

¿Felicidad? No, gracias 4

Eva Alexander

Contenido

Capítulo 1

Zaid

Ese soy yo.

Zaid Michael Kader, hijo de Zein y Mia Kader, nieto de Raed y Yamina Kader, sobrino de Isabella Taylor-Kincaid y James Kincaid, sobrino de Pablo y Ava Diaz, primo de Avy, Asher, Aiden y muchos más.

Somos una gran familia. Una familia feliz, ruidosa. Una familia donde mantener un secreto es misión imposible. Una familia donde el amor y el vivir felices para siempre y comer perdices es algo habitual. Normal.

También es normal sufrir por amor, pero normalmente todo termina bien. No hay mejor ejemplo que mis propios padres. Mi madre se enamoró de mi padre cuando era una adolescente y lo amó en silencio.

Por otro lado, mi padre no reconoció que la amaba hasta que no estuvo a punto de perderla para siempre. Aún miraba mal al tío Linc por haberse atrevido a pensar que podría robársela.

Hombres.

Ah, que yo era uno de ellos.

Guapo. Inteligente. Rico. Audaz. Despiadado en los negocios. Mujeriego.

¿Qué puedo decir? Lo tengo todo. La apariencia, el dinero, el cerebro, el carisma. Y no, no me estoy quejando. Simplemente, estoy enumerando mi buena fortuna. Fortuna que pronto llegará a su fin porque mis primos han empezado a caer.

Primero fue Avy y no me preocupé demasiado, ella es mujer y me parecía lógico que encontrara a un hombre, que se enamorara y tuviera su boda de sueño. Pero luego cayó Aiden y finalmente Asher.

Hombres que cambiaron una vida de soltero, fiestas, mujeres y todo lo demás por una vida tranquila de familia. Tranquila hasta que empezaron a llegar los bebés.

No, no tengo nada en contra del matrimonio o de los bebés, pero yo no lo quiero para mí. No quiero el sufrimiento, las preocupaciones. La verdad es que no le veo sentido al asunto.

Mi padre se pasa el día entero preocupado por mi madre, por mi hermana. Por mí. Lo entiendo, ser rico a veces es una maldición. Siempre hay alguien que quiere aprovecharse, algunos que piensan que ser tu amigo le puede traer beneficios, algunos que creen que pueden secuestrarte y pedir un rescate.

Lo hemos vivido con mi hermana cuando tenía diez años, los padres de una amiga del colegio aprovecharon una fiesta escolar para intentar secuestrarla. No lo consiguieron porque mi hermana es muy lista, además, sus guardaespaldas estaban pendientes de cada movimiento, pero desde ese momento mi padre la sacó del colegio.

Ella tuvo profesores privados y al cumplir dieciocho años decidió que estudiar no era para ella. Aya heredó el talento de mi madre, la pintura es su vida. Es capaz de pintar con los ojos cerrados y sus cuadros se venden en cuanto salen al mercado.

No duran ni siquiera cinco minutos.

Mi hermana es un genio de la pintura. Yo soy un genio de las matemáticas. Trabajo en la empresa familiar, lógico, ¿no? Soy bueno en lo que hago, soy el mejor y nunca hubo otra opción para mí, quería trabajar para la mejor empresa del mercado y esa empresa es Kincaid-Diaz-Kader.

Mi vida está arreglada. Familia, dinero, felicidad y

diversión. No podía tener más suerte en la vida. Sin embargo, la misma familia que me ama más que a nada en el mundo ha empezado a mirarme de una manera extraña.

¿Treinta años y sigue soltero? Algo no está bien con Zaid.

No lo dicen, pero no soy idiota. Sé que está pasando por sus cabezas. Tampoco soy tan idiota como para hacer lo que quieren. Casarme está fuera de discusión.

—Están hablando de ti —susurró mi hermana.

Giré la cabeza hacia donde estaban sentadas las mujeres de mi familia. Mi madre, mi abuela, las tías. Sus ojos sobre mí.

Suspirando puse el brazo sobre los hombros de mi hermana y me encaminé hacia el jardín.

—Deberíamos correr —le dije.

—Correr no ayudará. ¿Por qué no haces lo que piden y terminas con la tortura? —preguntó Aya.

Cuando pensé que había llegado suficientemente lejos de miradas y oídos indiscretos me detuve y nos sentamos en el césped. Hoy es sábado, un día soleado de otoño. Pronto los almuerzos familiares se celebrarán dentro y escaparme no será tan fácil.

Ah, sí, el sábado es sagrado en nuestra familia. Empezó antes de mi nacimiento y sigue, tengo la impresión de que es una tradición que nunca desparecerá.

—¿Y cómo sugieres que lo haga? —pregunté.

Mi hermana me miró, sus preciosos ojos azules brillando con diversión.

—Cásate, Zaid. O por lo menos invita a alguna de tus amantes a comer con la familia. Eso las mantendrá tranquilas un rato.

Me eché a reír solo de imaginarme a mis amantes sentadas en la mesa con mis tías. Mis mujeres son guapas, algunas ricas y algunas no. Listas no, por lo menos no tan listas como para poder mantener una conversación con los miembros de mi familia.

¿Qué puedo decir? El cerebro no es lo que me interesa de una mujer, su cuerpo sí.

—Vamos, hermano, no puede ser tan mal —dijo Aya.

—Mal no, es peor. ¿No tienes otra idea?

Aya frunció la nariz que era lo que hacía cuando pensaba seriamente en algo, pero el brillo divertido de sus ojos no desapareció y eso me preocupó. ¿Qué estaría tramando la pequeña?

Bueno, no tan pequeña. Era mi hermana pequeña, pero a sus veintiséis años era una mujer en toda regla. Vivía con mis padres y tal vez por eso pensaba que seguía siendo una niña.

—Matrimonio de conveniencia —dijo ella.

—¿De qué diablos estás hablando? —gruñí.

—Piénsalo, Zaid. Es la mejor opción para ti. No quieres enamorarte, pero necesitas un heredero. Elige una esposa, hay millones de mujeres en el mundo que no dudarán en darte el sí, quiero en un abrir y cerrar de ojos. Si sabes lo que quieres encontrar una esposa será tan fácil como quitarle el helado a un niño.

Pero ¿qué es lo que quiero de mi vida?

No quiero amor. Matrimonio tampoco, pero Aya tiene razón. Necesito un heredero. A ver, no lo necesito, pero alguien debe heredar el apellido familiar. Está el primo Zaid, que sí, que tenemos el mismo nombre y apellido y más de una vez nos han confundido, pero él tampoco tiene planes de boda.

Novia tampoco.

Somos iguales, solo diversión y nada serio con nadie.

—Conveniencia —murmuré.

—¿A qué es una buena idea? Aunque, no sé yo donde vas a

encontrar a la mujer perfecta —dijo Aya.

—Lo acabas de decir, hermanita, hay millones de mujeres.

—Millones sí, pero necesitas una a la que aguantar el resto de tu vida y conociéndote necesitas una mujer guapa y tonta, pero no muy tonta para poder mantener una conversación. ¿Qué más? Ah, que sea fiel, aunque tú no lo seas, que se quede en casa cuidando a los hijos sin rechistar. ¡Oh, Dios! Olvídalo, nunca la vas a encontrar —espetó Aya.

—¿A quién has perdido? —preguntó Z.

Z, o sea, mi primo Zaid que apareció de la nada detrás de nosotros. Atrás no había nada excepto bosques. Bosques, y si tenía en cuenta el cabello desarreglado de Z diría que se había aprovechado de la protección que ofrecían los árboles.

—¿A quién te has tirado? —le preguntó Aya mirando con atención como Z se tumbaba sobre el césped.

—No quieres saberlo, prima —dijo Z.

—¡Todos somos familia aquí! —espetó ella haciendo una mueca—. Zaid, dile algo.

—Bien por ti, Z —le dije.

Esperé la colleja de Aya que no tardó ni un segundo en sentir en mi cabeza.

—Los dos sois unos... unos... me voy —gritó Aya.

Se puso de pie murmurando y se encaminó hacia la casa, pero se dio la vuelta y nos echó esa mirada suya desaprobadora.

—Se lo voy a contar a mamá, a la tuya también, Z —amenazó ella.

—¡Que no tienes cinco años, Aya! —le gritó Z.

Aya le sacó la lengua antes de seguir su camino hacia la casa.

Mi primo y yo nos quedamos en silencio, él probablemente pensando en la mujer con la que había pasado un buen rato en el bosque y yo pensando en por qué no hice lo mismo.

—La próxima vez te invito —dijo Z.

No sería la primera vez que compartíamos una mujer, el problema era que yo si tenía escrúpulos y no quería liarme con nadie de la familia.

La historia de mi familia es algo extraña. Por parte de mi padre tengo al primo Z, a sus hermanas, sus padres. Luego están los abuelos y la tía Ivy que tiene más o menos la misma edad y la considero prima no tía.

La tía Ayala que está casada con Linc, el hombre que se atrevió a flirtear con mi madre.

Por el lado de mi madre la situación es algo más complicada. Está el tío Pablo con su esposa Ava, y sus hijos. Más primos que podían torturar con el matrimonio y dejarme a mí en paz.

Luego está la tía Isabela con James y los tres primos que ya están casados y con hijos. Traidores.

Está Grant con su familia, él no es familia de sangre, pero como si lo fuera.

También están los amigos de mi madre y sus familiares que siempre tienen la puerta abierta de nuestra casa.

Pero yo nunca me llevaría a la cama a una mujer con la que haya crecido. Y por más que lo pensaba no conseguía dar con el nombre de la mujer que Z había llevado al bosque.

—¡Infiernos, Zaid! Fue la nueva asistente de tu padre —dijo riendo Z.

Eso era peor.

Mi padre no iba a estar muy contento. Ahora tenía una asistente que hará lo que sea para estar cerca de Z y trabajar quedará en un segundo lugar. Z era un bastardo con suerte. Millonario, guapo, pronto será jeque y eso era como un imán para las mujeres.

Desafortunadamente ninguna conseguirá más que una noche en su cama o un rato agradable en el jardín. Z tiene una responsabilidad con su país, su mujer no puede ser cualquiera.

Más de una vez he dado las gracias por no estar en su lugar. Sin embargo, estaba pensando seriamente en un matrimonio de conveniencia.

He perdido la cabeza.

—Necesito salir —le dije a Z.

—No podemos marcharnos antes del postre.

Ya.

Dos hombres. Uno un futuro jeque y el otro un empresario exitoso y aquí estábamos demasiado asustados de nuestras madres. Se lo dije a Z y se echó a reír.

—Podría ser peor, podría ser nuestra esposa —dijo él—. El amor es una droga que convierte a los hombres en cachorros dispuestos a seguir a su dueña con la lengua fuera.

—Las adicciones son malas.

—Malísimas. —Estuvo de acuerdo Z—. Por eso le pedí a Raed que me buscara una esposa.

Lo miré sorprendido. Z simplemente se encogió de hombros.

—Necesito casarme, Zaid, y el amor no es para mí. No voy a mentir, alguna vez he pensado en ello, en esa mujer que iba a aparecer en mi vida e iba a hacerme perder la cabeza. No ha pasado y me estoy quedando sin tiempo. Necesito una esposa y un heredero y no hay nada mejor que un matrimonio arreglado. Raed encontrará a la esposa perfecta y si no lo hace él seguramente mi madre sí.

Otro que iba a seguir el camino de mis primos hacia un matrimonio feliz.

Z estaba equivocado. Raed, el abuelo era un romántico. No

lo fue siempre, la abuela diría que fue un bastardo sin corazón durante los primeros cuarenta años de su matrimonio. Y sí, él iba a encontrar una esposa para Z, pero será una a la que Z amará desde el primer momento.

De eso no tenía ninguna duda.

—Sabes que fue una mala idea pedirle ayuda al abuelo, ¿no, Z?

—Para nada. Raed sabe mejor que nadie cómo debe ser mi esposa. Será guapa, inteligente, respetuosa y sabrá desde el primer momento lo que se espera de ella.

Iluso. Mi primo era un iluso.

El abuelo le iba a encontrar una mujer que le iba a poner la vida patas arriba. En ese momento me di cuenta de que si quería una esposa debería darme prisa, si la quería elegir yo y no mi familia. Al fin y al cabo, yo era el que tenía que vivir con ella.

¿O no?

Matrimonio de conveniencia.

Eso no significaba que tenía que vivir con ella o tener relaciones con ella para engendrar un hijo. Ok, se me iba la cabeza.

La idea era aparentar algo de felicidad para mi familia y tener un heredero, esa mujer debía ser mi amiga. No el amor de mi vida, pero al menos una mujer normal con la que criar a un hijo o dos.

—Necesito salir —repetí.

—¿Y qué estamos esperando? —preguntó Z.

Tardamos media hora en escabullirnos del almuerzo. Sí, señor. Éramos adultos, hombres ricos con responsabilidades y no éramos capaces de decir a nuestros familiares que preferíamos marcharnos a beber.

Nos despedimos planeando vernos más tarde en uno de

los clubes de Z y yo me fui a casa.

Tenía una casa en Lake Spring cerca de mis padres. Amaba la tranquilidad del pueblo, la belleza de la montaña, el aire puro. Aunque a veces necesitaba algo de ruido y me iba a Nueva York donde tenía un apartamento.

Z voló a Nueva York en su helicóptero, pero yo prefería conducir. El amor por los coches era algo que había heredado de mi padre, algo que ponía nerviosa a mi madre y volvía loca a mi hermana.

Aya no perdía ni una oportunidad de tomar prestado alguno de mis coches, a los de nuestro padre no se atrevía a tocar desde que destrozó su precioso Lamborghini.

El sol estaba bajando cuando salí del pueblo en dirección a Nueva York. Me esperaban casi dos horas de conducción, menos si aprovechaba la velocidad máxima de mi Bugatti Veyron.

Sin embargo, ni había tocado el acelerador cuando noté la camioneta parada en el arcén. Vale, la camioneta fue lo segundo que noté. Lo primero fue el trasero de una mujer cubierto por unos vaqueros ajustados.

Me tomó menos de un segundo decidir si parar o seguir mi camino. Una mujer sola a la caída de la noche, en una carretera vacía no era buena idea. Debía parar y ayudar, es lo que me enseñó mi madre.

Detuve el coche delante de la camioneta blanca y bajé. La mujer se puso de pie en cuanto escuchó mis pasos.

Su delantera era igual de interesante que su trasera. Piernas largas, cintura estrecha y pechos generosos a punto de romper los botones de la camisa rosa que llevaba. Y el rostro era pura perfección.

Ojos verdes que igualaban en belleza al bosque que nos rodeaba. Labios tan rojos y llenos que parecían haber sido besados, bien y largamente besados. Cabello largo que le caía sobre los hombros y sabía bastante de cabello para darme cuenta de que no se había peinado, aunque eso era el menor de sus problemas.

Su cabello era naranja. Bueno, cobrizo. Y era natural viendo su nariz llena de pequeñas pecas. Sin embargo, ese color era horrible.

—¿Sabes? La mayoría de los hombres se quedan mirando mis pechos —dijo ella.

Ah, a su perfección había que añadirle una voz suave y sorprendentemente enérgica.

—Yo soy hombre de trasero, pero dudo que vayas a darte la vuelta para dejarme mirarlo a gusto, ¿verdad? —Sonreí, pero tuve que borrar la sonrisa cuando la mujer de cabello naranja puso los ojos en blanco.

¡No cayó rendida a mis pies!

Eso era algo nuevo para mí. La mayoría de las mujeres se rinden enseguida, después de un solo vistazo. Si sonrío ya están perdidas y si saben quién soy ya están preparadas para convertirse en mis esclavas.

Y ella, esta mujer me estaba poniendo los ojos en blanco. A mí. A Zaid Kader.

—¿Necesitas ayuda con la rueda? —pregunté.

—No, gracias.

La miré levantando una ceja.

—¿Estás segura de eso? Está oscureciendo y no es buen lugar para quedarte parada —dije.

—Pero es bueno aceptar ayuda de un hombre desconocido al que le interesa mi trasero.

—Vale, si no quieres mi ayuda no voy a insistir —dije.

Me di la vuelta y antes de llegar a mi coche tenía el teléfono móvil en la mano. Linc contestó cuando ya estaba sentado dentro del coche mirando a la mujer por el retrovisor. Se había quedado ahí, sus manos en los bolsillos de sus vaqueros, su ceño fruncido.

—Zaid —me saludó Linc.

Él no había acudido al almuerzo hoy, tenía que trabajar. Ser el sheriff del pueblo era un duro trabajo.

—Linc, tienes a una mujer con una rueda pinchada justo a la salida del pueblo. Échale una mano, ¿ok?

—¿Has olvidado cómo se cambia o es demasiado mayor para ti? —bromeó Linc.

—Ni una ni otra. La señorita no está interesada ni en mi ayuda ni en mi persona.

La risa de Linc me acompañó mientras ponía el coche en marcha y aceleraba. Sabía que en menos de dos minutos una patrulla de policía estaría aquí para ayudar a la testaruda de cabello naranja.

Un cuarto de hora después Linc me envió un mensaje.

—Estás jodido.

No entendía a lo que se refería e iba a tardar mucho en averiguarlo.

Tenía una reputación, claro que la tenía. Era joven y guapo, claro que disfrutaba de la vida, de las mujeres y de todo lo que se me ofrecía. El rechazo de la mujer no me había sentado nada bien y se quedó en mi mente como una espina.

Pensé en ella mientras acudía al club de Z. Bebí, pero no tanto como de costumbre. Bailé con una morena semidesnuda, pero cuando la llevé a la habitación de atrás, cuando me enterré dentro de ella en mi mente solo había un rostro.

Un rostro rodeado de un cabello naranja.

Eso también era algo nuevo para mí.

Nunca tomé una mujer pensando en otra. Nunca una mujer se quedó en mi cabeza más de un par de horas.

Ni siquiera sabía su nombre.

Ni siquiera era tan guapa.

¿Qué tenía esa mujer de especial?

Capítulo 2

Sky

—Está bien. Está bien —canté mientras subía corriendo las escaleras.

Llamé a la puerta y en dos segundos una mujer morena abrió. No se parecía en nada a mi hermana. Era pequeña y delgada cuando mi hermana era más alta que yo y solo piel y hueso.

Me había equivocado de apartamento. Pero no, miré el número y ahí estaba. Tercero b.

—¿Sky? Pasa, Storm está terminando de arreglarse —dijo la mujer retrocediendo y abriendo más la puerta.

Hmm, mi nombre es Sky y el de mi hermana Storm. Todo lo que puedo decir es que mi padre fue un hombre raro o eso es lo que nos contó nuestra madre. Murió cuando yo tenía seis meses. Nunca lo conocí y Storm tampoco recordaba mucho de sus primeros dos años de vida.

Solo teníamos las fotos. Ahora ya ni eso.

Acepté la invitación de la joven y entré impaciente por ver a mi hermana. Solo había dado tres pasos al interior del apartamento cuando noté el color. Rojo. Rojo en las cortinas. En el sofá. En las velas que cubrían en totalidad la mesa de café. En el jarrón con rosas rojas. En los libros de la estantería.

Rojo.

Después de una vida de blanco y dorado el rojo me estaba

quitando la respiración. Era tan atrevido y brillante. Igual que mi hermana.

—¡Por fin estás aquí! —gritó Storm.

Ni me había dado cuenta de que había aparecido, simplemente abrí los brazos y compartimos el primer abrazo en mucho tiempo. Había pasado tanto tiempo que casi había olvidado lo que se sentía al ser tocada por otra persona.

—Ella se ha ido, Storm —susurré.

—Lo sé.

Las lágrimas no tardaron en humedecer mis ojos y mis mejillas y por primera vez alguien me sostuvo mientras lloraba la pérdida de la única persona que había amado con todo mi corazón. La única excepto mi hermana.

Storm no lloró, ella nunca lo hizo y envidiaba su fuerza. Quería ser como ella. Fuerte. Poderosa. Valiente.

—Chicas, nada de lágrimas hoy, hoy es para celebrar —dijo la joven que me había abierto la puerta.

Mi hermana rompió el abrazo y con sus manos secó mis lágrimas.

—Está bien. Estamos bien —dijo.

Cerré los ojos, respiré profundamente cinco veces y al abrirlos de nuevo le sonreí a Storm.

—Hoy celebramos —le dije.

—Claro que sí, pero antes tienes que cambiarte. Piper, ¿crees que le puedes prestar a mi hermana ese vestido negro que te compraste para la fiesta de Nochevieja? —preguntó Storm.

Piper, que en ese momento recordé que era la vecina y mejor amiga de mi hermana asintió sonriendo.

—En un minuto vuelvo —dijo y salió por la ventana.

—¿Qué infiernos? —espeté.

—A Piper le parece más interesante usar la escalera de incendios. Dice que es un buen movimiento para su trasero. Yo solo digo que algún día se va a romper el cuello —explicó Storm.

La mención del trasero trajo a mi memoria mi encuentro de esta tarde.

¡Dios!

Había conocido a un hombre tan guapo que podría ser un dios. Tenía los ojos más extraños que había visto en mi vida. Morados. ¿Quién había visto ojos morados en un hombre? Yo no.

Eso no era todo.

Quemaban. Cuando miró mis piernas casi pude sentir sus caricias y al levantar la mirada hacia mis pechos mis bragas ya estaban mojadas. Eso también era algo nunca visto, bueno, nunca experimentado.

Y como era normal en mi vida lo había jodido. Para esconder mi reacción a su mirada y a su sonrisa le hablé de mala manera. ¿Qué otra cosa podría hacer? Decirle: ¿tómame, soy tuya?

Que sí, que era lo que sentía en ese momento. Estuve a un segundo de darme la vuelta y mostrarle el trasero que era lo que él dijo que le gustaba.

Mi reacción no fue normal. Yo no era así. Yo no me excitaba cuando me miraba un hombre, de hecho, me enfriaba en un segundo y tardaba otro en echar a correr. Pero algo me había pasado cuando vi al hombre bajar de su lujoso coche.

Pudo haber sido la manera de caminar, como si fuera el dueño de la carretera. O tal vez el pantalón negro y la camisa blanca que se le ajustaban al cuerpo como un guante. Y eso que ni lo había mirado a la cara.

Cuando lo hice me quedé hechizada y menos mal que él estaba ocupado analizando mi cuerpo y no se dio cuenta de lo que yo sentía.

Rechacé su ayuda porque a pesar de que no sabía cómo cambiar una rueda y necesitaba ayuda sabía muy bien que ese hombre no me convenía. Era peligroso y no me refiero a que mi vida corría peligro a su lado.

Mi corazón sí.

Lo supe desde el primer momento en que miré sus ojos extraños. Mi corazón latió de una manera diferente, mi respiración se aceleró y mis manos empezaron a humedecerse. Era él. Era el hombre del que me habían advertido.

Niña, si lo encuentras solo hay una opción. Corre y no mires atrás.

Así que lo dejé marcharse a pesar de que la oscuridad y el bosque que me rodeaba estaban helando mi sangre. Sin embargo, no habían pasado ni dos minutos cuando otro coche se detuvo en el mismo lugar.

Una patrulla de policía.

Hubiera preferido al hombre de los ojos morados. Mi corazón latía con fuerza mientras conversaba con el sheriff que bajó del coche. Era un hombre mayor si tenía en cuenta las canas en sus sienes, pero su apariencia y la manera en la que se movía me decía otra cosa.

Sonrió amablemente y conversamos de tonterías mientras cambiaba mi rueda. Por alguna razón extraña me sentí a salvo con ese hombre y antes de marcharme le sonreí amablemente.

Y ahora estaba a salvo con mi hermana.

Había cambiado mucho desde la última vez. Cuando se fue tenía catorce años, hoy cumple veintiséis. Doce años sin verla, sin abrazarla, sin contarle mis alegrías y tristezas, sin los domingos de tortitas con nata y paseos por el bosque.

Storm me miró con el ceño fruncido.

—¿Todo bien, Sky? Le prometí a Piper ir a ver un nuevo club, pero podemos quedarnos en casa y hablar.

—No, tenemos todo el tiempo para hablar. —Sonreí.

Piper volvió con el vestido y después de una ducha de tres minutos Storm me ayudó a ponérmelo. Era ajustado. Corto. Y escotado.

Mi mirada encontró la de Storm en el espejo. Ella sabía muy bien que era la primera vez que me ponía un vestido. También la razón.

—Tienes que vivir, Sky —me dijo.

—¿Lo haces tú?

Ella no contestó. Se pasó los dedos a través del cabello rubio arreglándolo o desarreglándolo, no sabía muy bien qué pretendía.

Había un montón de cosas de las que hablar, cosas que llevaban doce años sin decirse. Yo tenía tanto miedo como ella. Había pensado que el pasado estaba enterrado, pero al ver a Storm me he dado cuenta de que no era verdad y eso era un problema.

—¡Vámonos, chicas! La noche nos espera —gritó Piper desde el salón.

Y una hora después entrábamos por la puerta de un club ruidoso y atestado de personas. Storm olvidó que en Niceville no había ningún club de noche. Bueno, había un montón de bares, pero ninguno tan grande y ruidoso.

Según me contaron en el taxi que nos había llevado al club Piper tenía una prima que trabajaba aquí y nos había reservado una mesa en la zona VIP. Me importaba un bledo la zona, solo quería sentarme y tomar algo. También quería alejarme de la vista de los hombres.

Mi vestido atraía demasiadas miradas y no estaba para nada cómoda. Hubiera preferido dar media vuelta y volver al apartamento de Storm, pero era su cumpleaños. Un gigante vestido de negro nos permitió subir unas escaleras hacia lo que debía ser la famosa zona.

No parecía nada excepcional, era solo una zona con mesas pequeñas y sofás de cuero negro. Había gente sentada, de pie, encima de otros, pero nadie nos hizo caso cuando llegamos.

Nos sentamos y empezó la locura. Piper y Storm bebieron de todo. Chupitos, mojitos, cócteles de tantos colores y medidas que perdí la cuenta. No llevábamos ni una hora ahí cuando me di cuenta de que mi hermana estaba borracha.

Nunca la había visto así.

Pensaba que ella odiaba el alcohol tanto como yo. Estaba equivocada.

Pensaba que ella odiaba las miradas y también estaba equivocada. Estaba en el centro de la pista de baile moviendo su cuerpo de manera provocativa llamando la atención de los hombres.

Pensé en ir y decirle que quería marcharme, pero en cuanto me levanté del sofá lo vi.

—¡Infiernos! —maldije.

Me senté de nuevo y cogí una de las copas de la mesa. Sacudí el cabello para que cayera sobre mi rostro esperando que entre eso y la copa pudiera pasar desapercibida.

Tenía muy mala suerte, de eso no había duda. Solo yo podía encontrar dos veces en el mismo día al dios moreno. E iba más guapo que antes en la carretera.

¿Por qué acepté venir a Nueva York? ¿Por qué?

A través de mi cabello vi que se había sentado al fondo. Iba acompañado de un hombre igual de alto y guapo que estaba muy ocupado mirando a mi hermana.

¡Doble maldición!

Conocía esa mirada y sabía que debería actuar, pero no me dio tiempo. Ocurrió en un segundo. Mi hermana miró al hombre y el mundo se paró. Pasó otro segundo en el que el hombre se puso de pie y se encaminó hacia ella.

No podía permitirlo. Storm estaba borracha y ese hombre se parecía demasiado al hombre que la abuela dijo que debería evitar. Pero no, el alcohol había nublado la mente de mi hermana y ella lo estaba mirando como si fuera Dios.

Me puse de pie y por una fracción de segundo conseguí llegar antes a mi hermana y agarrar su brazo.

—Quiero marcharme, Storm —grité para que me escuchara por encima del ruido.

Sin embargo, era demasiado tarde. Ella ni siquiera me miró, no apartó la mirada del hombre en ningún momento. Retrocedí cuando él se acercó y empezaron a bailar. Así sin más. Sin cambiar una palabra. Sin sonreír.

Simplemente él puso las manos en las caderas de ella, la presionó contra su cuerpo y mi hermana rodeó el cuello de él con sus manos.

Piper me guiñó un ojo antes de marcharse con un hombre vestido con una camiseta y unos pantalones dos tallas más pequeñas.

Yo me quedé ahí sin saber qué hacer. Storm estaba hechizada, no había manera de separarla del hombre. Volver al apartamento no era una opción, no podía dejar a mi hermana aquí y tampoco podía abrir la puerta. No tenía las llaves.

—Estás jodida, Sky —murmuré para mí misma.

Volví a la mesa y esperé. También fingí no ver al hombre, al de los ojos morados. Fingí no sentir su mirada sobre mis piernas cuando subí las escaleras a la zona Vip o sobre mi trasero cuando me di la vuelta para sentarme.

Esperé.

Mi hermana me guiñó el ojo antes de marcharse hacia el fondo del club con ese hombre. Mantuve la boca cerrada, no podía hacer nada para impedir que se fuera con él.

Esperé.

El dios de los ojos morados sacó a bailar a una morena vestida con una falda tan corta que parecía un culotte y una camiseta que podría pasar perfectamente por un sujetador.

Esperé.

Ojos morados llevó a la morena al fondo del club.

Esperé.

¿Cómo había pasado de vivir en una casa en la playa a estar en un club, bebiendo y esperando a mi hermana que había ido a follar a un extraño?

Ya.

La abuela murió. Así es como llegué aquí.

Esperé.

Piper volvió y me hizo compañía mientras esperaba a Storm.

Esperé.

Storm volvió. Ignoré las ganas de sacudirla y de preguntar qué diablos le había pasado. Cuando nos marchamos ojos morados seguía atrás con la morena. No es que lo hubiera buscado, no, para nada.

Después de recoger mis maletas de la camioneta subí al apartamento de mi hermana. Piper se despidió de nosotros riendo y tropezando felizmente.

¡Dios! Como odiaba el alcohol y en lo que transformaba a las personas.

Storm corrió directamente al cuarto de baño donde pasó una hora vomitando. Luego se tumbó en su cama y se quedó dormida.

De repente, ahí en medio del salón del apartamento de mi

hermana, en un no tan buen barrio, me pregunté qué diablos buscaba ahí.

A mi hermana. Pero, ella era una extraña, ya no la conocía. La chica que me llamaba todas las noches a las nueve en punto no era la misma que estaba durmiendo borracha en el dormitorio.

Sin ella estaba sola, sin propósitos, sin nada de nada.

Sin dinero.

No era tan ingenua como para no saber que vivir en Nueva York era caro. Con mis ahorros podría alquilar una caja de zapatos o compartir piso con algún desconocido.

Necesitaba un trabajo y lo necesitaba ya.

Me senté en el sofá y después de encender mi portátil empecé a enviar mi currículum a lo loco. Apliqué para cualquier puesto vacante. Camarera, niñera, secretaria, profesora de baile.

Sabía hacer muchas cosas. Había aprendido, pero no tenía nada de experiencia demostrable y de referencias ni siquiera se podía hablar.

Me quedé dormida respondiendo a las preguntas de una empresa de trabajo temporal.

El dolor de cuello me despertó por la mañana, eso y el hambre. No había cenado anoche, tampoco había almorzado en mi viaje hacia Nueva York. Después de comprobar que Storm seguía viva tomé una ducha y luego preparé el desayuno.

Mi hermana se despertó y me encontró sentada en su sofá, mordisqueando una tostada y comprobando mi correo electrónico. Sí, era tan ingenua como para pensar que alguien hubiera visto mi currículum y ardía en deseos de contratarme.

—Buenos días. —Le sonreí a mi hermana y ella me contestó con un movimiento de su mano.

Se llenó una taza de café y vino a sentarse al otro lado del sofá. Seguí mirando la pantalla de mi portátil porque la mujer que estaba sentada a mi lado parecía una extraña.

Sabía que no era justo. Las personas cambian todo el tiempo. Storm no tenía por qué seguir siendo la misma chica que se había marchado de Niceville. Además. ¿qué sabía de su vida? Nada, solo lo que ella me había contado y nunca me había hablado de borracheras y hombres extraños.

—¿Sabes que todavía puedo leer en tu rostro lo que estás pensando? —me preguntó mi hermana.

—Si es verdad, ¿entonces por qué no me dices lo que quiero saber?

—No te gustará. —Fue su respuesta—. Sky, déjalo estar. Hago lo que puedo, no me pidas más. Sabes cómo es.

Lo sabía.

Noches sin dormir. Pesadillas. Culpa. ¡Dios! Tanta culpa. Miedo al pasado, al futuro. Miedo de tener que guardar este secreto el resto de mi vida, de no poder compartirlo con nadie, ni siquiera si algún día mi suerte cambiara y encontrara a un hombre a quien amar.

—Es tu vida, Storm —murmuré y maldije en el segundo en que escuché su suspiro —. Lo siento, no quise decirlo de esa manera.

—No, tienes razón. Tiene razón. Voy a ducharme, tengo una cita —dijo ella.

Es tu vida. Esa era, y sigue siendo, la frase favorita de nuestra madre. La usaba siempre cuando no queríamos comer las judías, cuando no queríamos estudiar o simplemente cuando nos negábamos a hacer lo que ella quería.

La última vez que se lo dijo fue la noche en que nuestras vidas cambiaron para siempre. ¿Cuándo me había transformado en mi madre, en ese ser humano sin corazón?

¿Y qué si Storm bebía como un marinero y follaba a diestro y siniestro? Era su derecho, si ella era feliz no importaba nada más. Ni qué hacía ni con quién lo hacía.

Esperé a que saliera del cuarto de baño para disculparme, pero no fue necesario.

—He olvidado como es tener a alguien que se preocupe por mi —dijo Storm entrando en el salón.

Suspirando la vi cómo se sentaba en el sofá y cogía mis manos.

—Tengo problemas y lo sé, pero ahora mismo no estoy preparada para arreglarlos, para revivir el pasado. Todavía no, Sky, ¿puedes entenderme? —preguntó.

—Tenemos problemas.

—Ok. Buscaremos una manera de resolverlos, pero no ahora. Primero quiero disfrutar de tener a mi hermana de vuelta. ¿Quieres ver la ciudad?

Asentí.

Cogí mi cazadora y nos marchamos. Llamamos a la puerta de Piper y después de unos minutos abrió solo para decir que no estaba para dar vueltas por Nueva York, prefería la compañía de su cama y de sus pastillas para el dolor de cabeza.

—Estamos demasiado viejas para salir —dijo Storm.

—¡¿Qué estás diciendo?! —espetó Piper—. Estamos en nuestros veinte, es la mejor edad.

—Alguien olvida que faltan seis meses para cumplir años —susurró Storm.

—¡Traidora! —le gritó Piper y dos segundos después cerró dando un portazo, lo hizo sonriendo lo que me tomó por sorpresa.

—Va a cumplir treinta años y es un poco sensible con el tema —me explicó mi hermana cuando salimos a la calle.

Me contó cómo se habían conocido mientras me enseñaba lo que para ella era lo más importante de Nueva York. El edificio Empire State.

—Es como tener el mundo a tus pies, ¿lo sientes? —me preguntó Storm mirando fascinada la ciudad.

Sacudí la cabeza. Era bonito, pero no tanto. Después de haber vivido la vida entera al lado de la playa con las montañas atrás era difícil encontrar fascinante un montón de edificios.

Pero Storm siempre había sido una soñadora. Cuando era pequeña cada noche me contaba un cuento en el que ella era la princesa que encontraba a su príncipe y se convertía en reina.

Mi hermana tenía muchos sueños.

Ahora solo eran sueños rotos y todo por mi culpa.

Capítulo 3

Sky

Una semana pasó sin darme cuenta. Nueva York, aunque al principio no lo había encontrado así, me parecía fascinante. El ajetreo, las tiendas, los restaurantes. Para mí que había vivido en una ciudad donde para salir a cenar solo podías elegir entre la cafetería de Patty y la parrilla de John donde solo servían carne, esto era el cielo.

Storm me llevó a probar todo tipo de comidas y me encantaron todas.

Me llevó de compras e insistió en pagar. Dijo que tenía unos ahorros. Ella ganaba bien, o eso dijo, pero Nueva York era una ciudad cara. La primera vez que me llevó a un restaurante y vi los precios en el menú casi me dio un infarto.

Empezaba a darme cuenta de que era una chica de pueblo en la gran ciudad y que me iba a pasar igual que a Caperucita. Vendrá un lobo feroz y hala, adiós, Sky.

Continué la búsqueda de un trabajo, Storm me ofreció el puesto de su asistente, pero no me parecía bien quitarle el trabajo a otra persona. Además, el mundo de la moda no era para mí.

Storm era modelo. No era famosa, pero más de una vez su foto salió en las revistas y en los carteles publicitarios. La primera vez que pasó mi madre llegó a casa gritando e insultando porque Storm salía en una revista en bañador.

Que era la vergüenza de la familia, que ella no podría mirar a los ojos a ningún vecino. ¿Qué dirá el cura? Esa era la preocupación de mi madre el día en el que mi hermana de dieciséis años salió posando en bañador en una revista.

Así que estaba buscando trabajo hasta que el viernes por la mañana recibí una llamada. Me ofrecieron un puesto de asistente personal y me preguntaron si podía empezar ya. Por ya querían decir una hora después.

Me puse una falda tubo de color negro, una camisa blanca y tacones. Me admiré en el espejo del ascensor que me estaba llevando a la planta sesenta y nueve donde debía reunirme con la persona que me había llamado y me dije a mi misma que me veía muy bien. Muy profesional.

El edificio al que me habían citado estaba en el centro y después de cruzar las puertas me pidieron identificación y todo. Les faltó pedirme la talla del sujetador, pero me dejaron pasar y estaba a un paso de conseguir un trabajo.

Temporal, pero que pagaba al mes más de lo que yo tenía en ese momento en mi cuenta bancaria. No, no era tan pobre. La empresa pagaba bien, mejor que otras de la ciudad. Piper, que estaba desayunando conmigo cuando recibí la llamada, me dijo que era una de las mejores empresas de la ciudad.

Incluso se sorprendió cuando le dije que no me sonaba de nada el nombre.

Pero ya estaba aquí e incluso había conseguido borrar mi expresión de asombro al ver el interior del edificio. Era tan bonito que me pregunté si lo habían sacado de una revista, aunque era más probable que hubieran fotografiado las oficinas para la revista.

Me recibió una mujer joven, Danielle, sonrió amablemente y me ofreció un asiento. La entrevista fue algo surrealista. No me preguntó nada sobre mi experiencia o aptitudes y teniendo en cuenta el sueldo que me ofrecían por un mes de trabajo me hizo mirarla con el ceño fruncido.

Algo estaba pasando ahí y no era algo bueno.

—¿Es una situación extraña? —preguntó Danielle.

A pesar de tener un buen sentimiento sobre ella tuve que asentir.

—Te entiendo y tienes toda la razón. Yo soy la asistente personal del señor Kader desde hace cinco años y tú serás mi asistente. Mi médico me recomendó reposo, pero no puedo cogerme la baja porque estamos en medio de una fusión y es imposible. El jefe perderá la cabeza si me voy y es ahí donde entras tú. Yo me encargaré de llamadas y todo lo demás que puedo hacer sentada en la silla detrás de mi escritorio y tú serás mis piernas, manos, ojos o lo que sea que haga falta. Tendrás que prepararle el café al jefe, a veces hasta saldrás a comprar algún regalo para sus citas, pero no hay nada inmoral o ilegal.

—Aun así, algo no me cuadra —dije.

Danielle suspiró y luego apoyó los codos sobre el escritorio y se inclinó hacia mí.

—De nuevo, tienes razón. Te elegí porque el jefe nunca sale con pelirrojas. No le gustan y eso significa que no te enamorarás de él.

—Perdona, creo que no te he entendido bien.

—El jefe es un hombre guapo y rico, las mujeres caen como moscas a sus pies y este es su lugar de trabajo. Necesita concentrarse.

—Vale, pero...

—Tú le echarás una mirada y pensarás que es el hombre de tu vida, pero él hará lo mismo y te descartará en un segundo. Y créeme esa mirada suya curará cualquier fascinación que tengas hacia él.

Miré a Danielle con atención. Era guapa, rubia con unos ojos azules preciosos y me pregunté si la historia que me acababa de contar era verdad. Tal vez ella tenía una relación con el jefe y no quería otra mujer aquí que pudiera llamar su atención.

No me importaba. El sueldo era bueno y el trabajo tampoco era tan difícil. Preparar café y hacer recados.

—¿Un mes? —pregunté.

—Por lo menos, podría ser más, pero puedes estar tranquila. Te pagaremos bien por cada día trabajado, además vas a recibir referencias. Después de un mes aquí podrás conseguir un trabajo en cualquier empresa de la ciudad, de hecho, ni siquiera tendrás que llamar. Ellos te llamarán a ti.

¡Infiernos!

Ya sabía yo que era mala idea no verificar la empresa antes de venir a la entrevista.

—Supongo que lo único que puedo hacer es aceptar, ¿no?

—No te arrepentirás —dijo Danielle.

Durante la próxima hora me habló de todo lo que necesitaba saber. De cómo le gustaba el café al jefe, de cuando era mejor no mirarlo a los ojos porque estaba de mal humor. Al final tenía más ganas de echar a correr que de empezar a trabajar.

Necesitaba el dinero, pero no tanto.

El jefe parecía un ogro. Bueno, el carácter era el de un ogro y el cuerpo de un modelo. La verdad es que no tenía ganas de conocerlo.

Danielle me envió a prepararle un café al ogro que había enviado un mensaje pidiendo unos informes que deberían estar sobre su escritorio antes de su llegada. Ella empezó a escribir e imprimir mientras yo debía prestar mucha atención al café.

La pequeña cocina estaba entre la sala de recepción donde estaba la secretaria y la oficina de Danielle que era una sala abierta que llevaba a la oficina del ogro. Nunca había trabajado en una oficina, pero estaba segura de que no iba a gustarme aquí.

No tendría ni un momento de privacidad. La secretaria, por un lado, Danielle por otro, el jefe y las personas que venían a verlo. Que no podía ni respirar tranquila.

Pero estaba siendo demasiado dramática y eso era porque era mi primer trabajo oficial. Era una adulta que ya no dependía de nadie. Nadie dependía de mí.

Era aterrador.

Preparé el café, Indonesia, fuerte, una cucharadita de azúcar moreno y una gota de leche de avena.

—Leche de avena, que tontería —murmuré para mí misma.

Yo tomaba mi café con dos cucharaditas de azúcar y a veces le echaba una tonelada de nata. Eso lo convertía en un postre y era para los momentos en los que sentía que estaba a punto de perder la cabeza.

Ahora me preparé uno y sí, eché algo de nata porque estaba nerviosa. Preparé otro para Danielle y mientras ella recogía todos los informes necesarios entré en la oficina del ogro.

Solo tenía que poner la taza de café sobre el escritorio, pero me entretuve admirando la sala. Una oficina era pequeña o mediana, esta era enorme. Tenía una zona con una mesa de reunión donde podían sentarse doce personas, otra zona con un sofá y dos sillones y la más importante la zona del escritorio.

Nunca había visto un escritorio tan grande. Era de cristal y estaba vacío. No había nada encima. En la izquierda había una cajonera donde supuestamente debería haber algunos artículos de papelería.

También había un montón de ventanas, o sea, tres de las cuatro paredes de la oficina estaban hechas de cristal.

La enormidad de la oficina no fue lo que me fascinó más, fue el olor. Había algo en el aire, algo masculino que me recordó a las palabras de Danielle. El jefe era un imán para las mujeres.

No estaba muy impaciente por conocerlo, caer rendida ante su hermosura y luego tener mis esperanzas rotas por una mirada suya. Eso dijo Danielle que iba a pasar, pero yo no estaba tan segura.

Que no era el tipo de mujer que le gustaba al ogro me daba igual. No estaba aquí para buscar novio. Los hombres no tenían lugar en mi vida, ni ahora ni nunca.

Puse la taza sobre el escritorio donde no había ni una mota de polvo, que sí, que lo he comprobado. Tenía una manía con la limpieza, no de esas que necesitaban tratamiento psicológico, solo una manía. Tratamiento necesitaba para otras cosas.

Regresé a mi pequeño escritorio que Danielle había ordenado traer para mí y esperé. No tenía nada que hacer excepto familiarizarme con la empresa. Tenía un informe detallado sobre los negocios que Danielle me había entregado y después de echar un vistazo lo entendí todo.

La empresa no era Kader, era Kincaid-Taylor-Kader-Diaz y hasta yo los conocía, pero no había hecho la conexión. Eran los mejores, los más ricos, más poderosos, los más todo y yo tenía la suerte de trabajar para ellos.

¿Suerte?

Escuché a Danielle suspirar y levanté la cabeza de mi informe. La vi enderezar la espalda y fijar la mirada en la puerta. La imité, excepto por poner mi espalda recta. Cada vez que me siento mi espalda tiene que tocar el respaldo. Silla, sillón, sofá, asiento de coche, cualquier superficie. Manías mías.

Entonces, miré hacia la puerta.

Maldije. Lo hice en voz alta lo que hizo que Danielle girara en su silla y me hiciera un gesto para callarme.

Eso era imposible ya que mi maldita suerte estaba jugando conmigo y lo estaba haciendo de una manera muy cruel.

El ogro, mi jefe, era guapo. Más guapo que cualquier hombre que haya visto en mi vida.

El ogro, mi jefe, era el hombre que me había ofrecido su ayuda para cambiar mi rueda pinchada.

Quería desaparecer e incluso miré hacia la puerta de la cocina y calculé el tiempo necesario para llegar y cerrar la puerta antes de que llegara el ogro. Pero no, todo ese cristal hacía imposible mi misión de escapar.

Lo que tenía muy claro era la razón de mi deseo de desaparecer.

Y mientras yo le daba vueltas en mi cabeza a todo eso el ogro llegó. Se detuvo enfrente del escritorio de Danielle y la miró con el ceño fruncido.

—¿Qué estás haciendo aquí? —le preguntó el ogro a Danielle.

—Trabajando, ¿qué más?

—Matt dijo que tienes que guardar reposo —continuó él.

—Matt no sabe nada. Pero sí, no me voy a levantar de esta silla en todo el día y por si acaso lo has olvidado esta silla es especial, incluso me puedo tumbar y echar una siesta.

El ogro siguió mirándola y no parecía nada convencido.

—Zaid, no me hagas esto. Sabes que un día sin trabajar es una tortura. Mira —dijo Danielle girando su silla hacia mí—. Ella es Sky, mi asistenta. No tendré que moverme de aquí para nada en el mundo.

Y el ogro me miró.

Contuve la respiración porque... ¡Diablos! Danielle tenía razón. Una mirada del ogro era suficiente para que te sintieras insignificante. Fui descartada en una fracción de segundo.

Cuando nos encontramos en la carretera en su mirada no hubo nada más que interés, la noche en el club fue de irritación o algo parecido que no entendí bien por qué. Sin embargo, ahora me echó un vistazo breve y enseguida me descartó.

—Vas a cogerte la baja —le dijo a Danielle encaminándose hacia su despacho.

—Me necesitas y lo sabes. Sky hará todo el trabajo duro, sabe...

El ogro se dio la vuelta y no miró a Danielle, me miró a mí. Yo también lo miré y recé. No para que me aceptara, recé para que me echara del trabajo. ¿Un mes viendo esos ojos? No había manera de resistir.

No importaba que él ya no me encontrara interesante y atractiva. Yo sí. Mi cuerpo, mi cerebro, incluso mi corazón, quería más de él.

—Ella puede hacer tu trabajo aquí, ¿verdad?

—Sí —respondió Danielle desconfiada.

—Y quieres que ella trabaje aquí.

—Por supuesto que sí, para eso la he contratado —dijo Danielle.

—Ok, ella puede quedarse si tú te vas y trabajas desde casa —declaró el ogro.

Luego entró en su despacho y cerró la puerta.

No sabía si coger mis cosas y marcharme o esperar, pero ¿qué había que esperar? Él no me quería aquí y yo tampoco quería así que no había nada que discutir.

Tenía que salir de ahí y tenía que hacerlo ya.

Me puse de pie agarrando mi bolso y solo di un paso antes de encontrarme con la mirada de Danielle.

—No, no, Sky. La única que se va soy yo —dijo ella, sonriendo de una manera extraña—. Siéntate que tengo que explicarte un par de cosas.

Me senté. Luego escuché con atención mis nuevas instrucciones. Una hora después estaba sentada en la silla de Danielle, tecleando en su ordenador con mi nuevo usuario y contraseña, con mi nuevo teléfono móvil al lado.

Ella se fue dejándome a mi suerte.

La secretaria seguía mirándome mal y será por eso por lo que ni siquiera me esforcé en aprenderme su nombre. El ogro tampoco había dado señales de vida así que me quedé ahí esperando las instrucciones que Danielle me había prometido para cuando llegara a su casa.

La mañana fue tranquila.

El jefe tuvo algunas reuniones, pero a mí no me necesitó para nada. A la hora del almuerzo me quedé en el escritorio, solo tomé un café. Él sí salió a comer. Se fue sin decir una palabra y volvió a las tres.

Quedaban dos horas de trabajo así que al final empecé a pensar que tal vez no iba a pasarlo tan mal. Además, si no lo veía no podía perder la cabeza por él, ¿verdad?

¡Café! Y que sea sin cafeína y con el doble de azúcar.

El mensaje de Danielle llegó poco antes de las cinco de la tarde. Preparé el café y pensé que no había sido un mal día, preparé dos cafés, leí un informe sobre la empresa y me aburrí.

Estaba sonriendo cuando entré en la oficina de mi jefe. Él estaba de pie frente a la ventana.

—Su café, señor —dije colocando la taza después de hacer un hueco sobre su escritorio que parecía que había sufrido el ataque de miles de papeles.

—Gracias, puedes irte.

Ok.

Me encogí de hombros y me di la vuelta.

—Sky Rylee Hardy.

Me detuve y me di la vuelta lentamente. Mi nombre sonó exótico dicho por mi jefe con su voz grave y me hizo sentir cosas extrañas en medio del pecho.

Había mentido en mi aplicación para el trabajo. No mentir, mentir, fue por omisión. No di mi nombre completo. Ni siquiera di un número de contacto de emergencia o una dirección antigua.

Sin embargo, de alguna manera mi jefe sabía mi nombre. ¿Qué más sabía?

Ya sabía yo que esto era demasiado bueno para ser verdad.

Me quedé allí esperando que él dijera algo. Se dio la vuelta, caminó hacia su silla y se sentó, todo sin quitarme los ojos de encima.

—Si quieres trabajar para mí, hay una regla muy importante que nunca debes romper. No mientas. Nunca —dijo mi jefe.

—Yo...

—La omisión es mentira, señorita Hardy. Pero lo dejaré pasar esta vez porque por alguna loca razón le gustas a Danielle y necesito que sea feliz.

Oh, así que tenía razón sobre estos dos. Estaban teniendo una aventura.

Pero ese no era mi problema. Mi problema era mi jefe y lo que él sabía.

No había nada que saber. Sólo tres personas sabían de esa noche. En realidad, sólo dos. No podía saberlo.

—No volverá a pasar —dije mirando un punto por encima de su cabeza.

—Repítelo mirándome a los ojos —ordenó.

Fue difícil mirarlo a los ojos. Sabía que mentir no era una opción con este hombre así que dije lo único que podía.

—No mentiré sobre nada relacionado con mi trabajo.

—Eso no es suficiente para mí, señorita Hardy.

—Eso es todo lo que obtendrás —dije.

No iba a poner en peligro mi vida y la de mi hermana

por un trabajo. Podía pagar bien, podía ser la mejor empresa del mundo, podía ser mi oportunidad para hacer algo con mi vida, pero había algo que no estaba dispuesta a hacer.

—Vale, puedes irte, pero recuerda. Te estaré vigilando, un solo error y estás despedida.

—Muy bien, señor. ¿Desea algo más? —pregunté.

Se lo pensó durante un momento. Momento en el que sus ojos se oscurecieron y me pregunté en qué diablos estaba pensando.

—No. Hasta mañana —dijo finalmente.

—Hasta mañana, señor.

Me di la vuelta y a pesar de que quería correr me obligué a caminar despacio. Respiré aliviada en el momento en que cerré la puerta de su despacho. Solo faltaban dos minutos para la cinco y me senté.

Esperé mientras mi corazón se tranquilizaba y a las cinco y un minuto cogí mi bolso y me marché.

Había sobrevivido al primer día de trabajo.

Capítulo 4

Sky

Cogí la almohada y cubrí mi rostro.

Quería ahogar el llanto. El miedo. Quería hacer desaparecer ese miedo que me había despertado en medio de la noche. Quería desaparecer yo.

Era mi culpa. Todo era mi culpa. Siempre era mi culpa.

No.

No lo era.

Lo sabía porque había leído todos los libros de psicología de la biblioteca de Niceville. Sin embargo, en estos momentos mi cerebro no colaboraba. Se dejó paralizar por el miedo.

Dolía tanto que solo quería morir, pero nunca había encontrado el poder para hacerlo. En cambio, si algo divino me ofreciera la oportunidad de morir la tomaría en un instante.

Estaba jodido sentirme de esta manera. Lo sabía cómo también sabía que necesitaba años de terapia para poder liberarme de la culpa. No obstante, los psicólogos no son de fiar. En cualquier momento un juez le puede pedir el informe de un paciente, adiós confidencialidad y hola prisión.

No estaba dispuesta a pasar veinte años en la prisión.

Solo me quedaba aguantar en silencio.

Lloré y cuando las lágrimas se secaron empecé a sentirme mal. Me levanté de la cama y corrí al cuarto de baño donde llegué con el tiempo justo para vomitar.

—¡Sky! ¿Estás bien? —preguntó mi hermana.

No levanté la cabeza del inodoro. Todavía no había terminado, pero levanté la mano en un gesto de estoy-bien-vete-a-la-cama y seguí vaciando mi estómago. Odiaba vomitar, pero era mi manera de lidiar con la situación.

Llanto. Vómitos. Cansancio. Dormir.

La mañana siguiente todo volvía a la normalidad hasta la próxima vez.

Storm me ayudó a llegar a la cama y a pesar de sentir su preocupación no le di ninguna explicación. Ella tampoco preguntó, pero lo hizo por la mañana.

Lista para ir a trabajar salí de mi habitación pensando en tomarme un café en la oficina porque iba mal de tiempo. Esconder mis ojeras bajo toneladas de maquillaje me había llevado más tiempo de lo normal.

—Sky.

No había visto a mi hermana que estaba sentada en un rincón del sofá, una taza de café en su mano y una expresión preocupada en sus ojos.

—Voy a llegar tarde, Storm —le dije.

—¿Qué fue lo de anoche, Sky?

—Nada, he comido algo que me ha sentado mal.

La mentira salió sola.

No había planeado mentir a mi hermana, pero después de la mala noche que había pasado solo quería olvidar. No quería recordar.

—La abuela tenía razón —dijo Storm poniéndose de pie y caminando hacia mí—. Tus ojos se oscurecen cuando mientes.

—¿Cómo? —exclamé.

Me di la vuelta y me miré en el espejo, pero no. Mis ojos se veían normales. El mismo verde... oh, sí, estaban un poco oscuros. ¡Infiernos! ¿Cómo no me había dado cuenta de esto hasta ahora?

Obvio, sentarme enfrente de un espejo y mentir no era algo que hacía muy a menudo. Bueno, nunca lo hice.

—¡Maldición! —exclamé—. Necesito lentes de color, ¿sabes dónde comprarlos, Storm?

—Vaya, ¿planeas mentir mucho, Sky?

—Espera, tú no te has dado cuenta de que mentía. La abuela sí.

—Exacto.

—Entonces alguien que me conoce de un día tampoco puede darse cuenta —murmuré.

—Depende de ese alguien, si es muy observador o no. —Sky dijo frunciendo el ceño—. Voy a llenar mi termo con café y te llevaré al trabajo, necesito saber qué diablos está pasando.

Había planeado coger el metro porque todavía no conocía bien la ciudad, además Danielle había olvidado mandarme los datos necesarios para poder entrar al aparcamiento para empleados. Pero si me llevaba Storm no llegaría tarde, lo único malo era que tenía que hablar.

No sabía qué era peor, cometer el error de llegar tarde y ser despedida por mi jefe o hablar de mi problema.

Me senté en el pequeño coche rojo de mi hermana y la miré conduciendo. Y maldiciendo.

—Odio conducir por la mañana —dijo ella.

—Deberías haberte quedado en casa.

—¿Y pasar el resto del día preguntándome por qué te veías como si estuvieras a punto de morirte anoche?

—Storm —suspiré.

—No. Eres todo lo que tengo, eres mi única hermana —dijo y calló cuando aparté la mirada—. No, Sky, no me digas eso.

—Ojos en la carretera, Storm —espeté.

Necesitaba un momento para averiguar la mejor manera de decirle a mi hermana que llevábamos mintiéndola desde que se marchó de Niceville.

—Ni ojos ni nada. ¿Madre ha tenido otros hijos? —preguntó ella.

—Su hijo y el de Larry nació un año después de que te fueras. La abuela decidió que era mejor si no lo supieras.

—Un hermano —murmuró ella mirando hacia delante, pero sin prestar atención a lo que estaba pasando en la calle. El semáforo ya había cambiado a verde, pero ella seguía sin arrancar el coche.

¿Por qué no mantuve la boca cerrada? Mira la que había liado ahora y ni siquiera tenía el tiempo suficiente para explicarle todo lo que había ocurrido.

—El bebé nació con malformaciones y Larry no lo quiso. Lo dieron en adopción e intentaron una vez más. Gastaron todo el dinero de madre y tardaron años en concebir. La niña nació sana.

—¿Una hermanita?

—Tiene cinco años, se llama Lily como la madre de Larry y es una niña preciosa. Es un amor cuando sus padres no están cerca —dije.

—O sea, que le van a destrozar la vida.

Suspiré. A esto le temía la abuela. Storm iba a hacer todo lo posible para salvar a esa pequeña de los monstruos que le habían dado la vida.

—Storm, no. Es nuestra hermana sí, pero son sus padres. No está maltratada, abusada ni nada por el estilo. ¿Qué será una perra como nuestra madre o como su padre? También, pero no podemos hacer nada. Es su hija.

Mi hermana aparcó y miré el edificio donde debía entrar a trabajar hasta las cinco de la tarde. Storm no era de fiar sola, no con algo tan importante, pero ¿qué podía hacer? Danielle contaba conmigo.

—Tal vez...

—Tal vez no —interrumpí a Storm—. Iré a trabajar y tú harás lo mismo. Esta noche hablaremos. Mientras tanto tú no harás nada estúpido, ¿vale, Storm?

—Ok, vendré a buscarte —dijo.

Abrí la puerta del coche, pero no salí. Miré a mi hermana hasta que ella hizo lo mismo.

—Prométeme que no harás nada —le pedí.

Su promesa llegó segundos después y pude salir del coche. Entré en el edificio mucho antes de las ocho de la mañana. Ni siquiera había llegado la secretaria y pude prepararme un café y tomarlo tranquila mientras echaba un vistazo a la larga lista que me había enviado Danielle a las cuatro de la madrugada.

¿Esta mujer no dormía?

Preparé el café del ogro y se lo llevé al despacho junto a los informes que había impreso. Cuando él llegó yo estaba sentada en mi silla.

—Buenos días, señor —dije.

Murmuró algo sin mirarme y entró en su despacho. Aproveché ese momento para seguir con mis tareas. Fui a firmar mi contrato en Recursos Humanos y la mujer detrás del escritorio me miró de una manera muy extraña cuando le dije que no tenía una cuenta bancaria.

Que no tenía.

No la había necesitado.

La camioneta era de la abuela, el seguro se lo cobraban a

ella. Mi móvil era de prepago. Y sí, había viajado de Niceville hasta Nueva York con todos mis ahorros escondidos debajo del asiento de la camioneta.

Tenía acceso a la cuenta de la abuela, pero prefería no tocar ni la cuenta ni el dinero. Me enviaron a otro despacho donde me solucionaron el problema y pude seguir con mis tareas.

El segundo punto en mi lista de pendientes era recoger un encargo del ogro en una tienda a dos calles de la oficina. Fui andando y después de comprobar la dirección entré. Era una joyería donde me entregaron una caja.

La dependienta me miró de manera extraña cuando me vio colocar el paquete en mi bolso, pero me encogí de hombros y me despedí. Volví a la oficina y aprovechando que el ogro estaba en la sala de reuniones dejé la caja sobre su escritorio.

No me paré ni un momento. Terminaba con una tarea y enseguida Danielle me mandaba un mensaje con otra. Pasé más tiempo fuera que dentro de la oficina. Al menos pude aprovechar esos momentos y comprobar a Storm.

Le envié tantos mensajes que tres horas después me llamó. Me dijo en voz alta que no, que no iba a subir al primer avión para ir a Niceville y sacar a nuestra hermana de las garras de nuestra madre.

Mi jornada laboral terminó con el último café que le preparé al ogro. Se lo llevé al despacho y lo encontré hablando por teléfono. Cuando puse la taza sobre la mesa vi la caja que había recogido en la tienda y ahogué un gemido.

Era un collar de diamantes.

Nunca había visto diamantes antes, pero era obvio. Y yo había ido caminando por la calle como si no hubiera llevado un collar que probablemente valía mucho dinero.

—¿Te gusta? —preguntó mi jefe.

Sabía que me estaba mirando, podía sentir sus ojos sobre

mi rostro y asentí.

—Es bonito —dije.

—Tiene un fallo. Si lo encuentras es tuyo.

Ahora sí que lo miré.

—¿Si encuentro el fallo el collar es mío?

—Sí. Tienes dos minutos.

No hace falta decir que me parecía extraño, pero tenía la posibilidad de ganar el collar más precioso que había visto en mi vida así que iba a hacer todo lo posible para conseguirlo.

Cogí la caja y la miré de cerca. El collar era rígido con los diamantes intercalados a dos alturas. También se movían y mordí mis labios para no suspirar una vez más. Era más que bonito.

El tiempo pasó sin ser capaz de encontrar el fallo.

—Es perfecto —declaré cerrando la caja y colocándola sobre el escritorio.

—Exacto.

—¿Y el fallo? —pregunté a mi jefe.

Él se puso de pie a lo que yo por instinto retrocedí. Cogió la caja y la abrió de nuevo.

—Justamente ese es el fallo. Cuando un cliente viene a comprar quiere perfección, pero también quiere exclusividad. Este collar es bonito y caro, pero no tiene ese efecto wow —explicó él.

—¿No tiene wow? —Puse los ojos en blanco y estaba pensando en que mi jefe había perdido la cabeza.

Por pensar en otras cosas él me tomó por sorpresa cuando puso las manos sobre mis hombros.

—Date la vuelta —ordenó.

¿Has tenido alguna vez en tu vida uno de esos momentos

en los que no sabes qué hacer y terminas obedeciendo sin saber por qué? Yo hice eso. Me di la vuelta sin saber cómo y por qué.

¿Qué quería mi jefe de mí?

Tal vez debería empezar a usar su nombre ya que le estaba entregando mi confianza.

Zaid Kader.

Nunca le había dado la espalda a un hombre. Lo hice una vez y aun me arrepentía, pero ahora estaba tranquila mientras él estaba detrás.

No sabía qué pretendía hacer y la verdad es que no me esperaba sentir el frío collar alrededor de mi cuello. Aunque el frío no fue lo que más me impactó. Fue el calor de sus dedos sobre mi nuca.

—No puedo aceptarlo —dije tocando el collar.

—Lo has ganado.

Su respuesta cortante me hizo darme la vuelta. Él estaba de nuevo sentado en su silla.

—No puedo. —A continuación, quería enumerar las razones por las que no podía aceptar el collar, pero él me miró.

Al ver sus ojos se me quitaron las ganas de hablar. El primer impulso fue el de abalanzarme a sus brazos y besarlo, pero sabía muy bien que era una mala idea y que no iba a terminar bien así que cerré la boca.

—¿Desea algo más, señor? —pregunté.

—No, hasta mañana.

Me di la vuelta y di dos pasos. Solo dos antes de ser tomada por locura. En un instante estaba al lado de su silla, pero cuando él me miró con esos ojos morados perdí el valor.

Me agaché y le di un beso en la mejilla.

La idea había sido darle un beso de verdad, pero era una cobarde.

—Gracias —murmuré antes de salir corriendo de su oficina.

¿Qué diablos estaba haciendo? Cogí mi bolso y caminé rápidamente hacia el ascensor y luego dentro. Cuando se estaban cerrando las puertas del ascensor me encontré con la mirada de la secretaria.

Ella estaba sentada en su escritorio y sus ojos iban desde mis ojos hasta mi cuello donde descansaba el collar que me había regalado mi jefe.

¿Qué diablos estaba haciendo?

Me estaba liando con mi jefe. El mismo jefe que estaba liado con su asistente personal. También era el hombre del que me había advertido mi abuela.

Pero no, yo estaba jugando con fuego.

¿Por qué lo había besado? Por tonta. No había otra razón.

Salí del edificio justo en el momento en que empezaba a llover. Amaba la lluvia así que salí a la calle y dejé que el agua se llevara todos mis problemas. El ogro. Storm. Mi hermana pequeña. Mi madre. Esa noche. La abuela.

Todo desapareció por un breve momento. La lluvia fría caía sobre mi cara calmando mi corazón y mi mente.

Estaré bien.

Algo me hizo abrir los ojos y ese algo era mi jefe mirándome desde su coche. Nuestras miradas se encontraron y no había ninguna duda sobre lo que él pensaba de mí.

Estaba loca.

Loca, pero aun así él estaba interesado.

—¡Sky! Ven.

La voz de mi hermana me obligó a romper el contacto visual con mi jefe. Me encaminé hacia el coche de mi hermana que estaba parado justo delante de la limusina del ogro.

—Cielo, ¿sabes que hay unas prendas llamadas chaquetas? —preguntó Storm cuando me subí al coche.

—También hay una cosa que se llama intermitente y que hay que usar si no quieres provocar un accidente.

Storm se encogió de hombros y durante el camino a casa me habló sobre su trabajo. Habló como si esta mañana no hubiera averiguado que tenía una hermana pequeña. Por un lado, estaba feliz de que no tuviera que convencerla que era una locura hacer algo contra nuestra madre. Pero, por otro, no entendía el cambio.

Storm siempre fue de actuar. Sin pensar.

Ahora se comportaba como si nada hubiera pasado y no sabía qué hacer.

Ya.

Teniendo en cuenta que era mi día de hacer tonterías solo quería llegar a casa, meterme en la cama y ponerle fin al día. Sin embargo, no era mi día de suerte. Piper nos invitó a cenar a su casa y pasamos la noche conversando y bebiendo vino.

Cuando volvimos al apartamento de Storm era demasiado tarde para conversaciones importantes. Me metí en la cama y antes de quedarme dormida recordé el tacto de la mejilla de mi jefe.

Lo sentí debajo de mis labios por un breve instante. Olía bien. Sabía bien. Quería sentir de nuevo y en ese momento, a salvo en mi cama, me dejé llevar por mi imaginación.

Mi jefe no se quedaba quieto en su silla, me atrapaba en sus brazos, me sentaba en su regazo y me besaba. Luego me tomaba sobre su escritorio y yo gritaba su nombre.

Era mi fantasía. Sabía que nunca iba a suceder, que nunca debía suceder, pero en mi cabeza era libre. Podía soñar con cualquier cosa. Con un hombre que daría la vida por mí, que me protegería de cualquier mal.

Estaba soñando y no había nada de malo con ello mientras que al día siguiente despertara con la cabeza lúcida.

Necesitaba trabajar para comer.

Necesitaba averiguar qué estaba pasando por la cabeza de mi hermana.

Necesitaba encontrar una manera de no enamorarme de mi jefe.

Capítulo 5

Zaid

—No —le dije a mi primo en el instante en que mi nueva asistenta cerró la puerta.

Z sonrió.

—¿No?

—No —repetí—. Es mi asistenta y la necesito. No.

—Interesante, me he follado a todas tus secretarias, asistentas y empleadas. Nunca dijiste no.

No a todas, solo a las más guapas, pero eso era una conversación que no quería tener y especialmente no ahora después de haber visto la manera en la que mi primo miraba a Sky.

¡Jesús! Sky.

El nombre era tan raro como el color de su cabello. Tan raro como mi obsesión con ella.

Después de nuestro encuentro al lado de la carretera no me esperaba verla horas después en el club. La imagen de ella vestida con ese vestido ajustado se había quedado grabada en mi mente y era lo que aparecía en mi mente cada vez que estaba con una mujer.

Me estaba convirtiendo en un hombre como mi primo. Un bastardo frío y egoísta. Necesitaba deshacerme de ella, pero después de la comprobación de su pasado no era el mejor movimiento.

Mi madre me daría una patada en el trasero si se enteraba que había despedido a una mujer que necesitaba ayuda. La situación personal de Sky no era tan mala como la de otras mujeres que habían trabajado para mí, pero había algo que no cuadraba.

Algo que me intrigaba. Era muy simple averiguar qué, pero como ya había dicho, estaba obsesionado con ella. No necesitaba averiguar que era una damisela en apuros y correr para matar al dragón.

¡Infiernos, no!

Solo tenía que mantenerme lejos de ella. Solo era un mes. ¿Qué tan difícil podría ser?

Era imposible y más cuando ella hacía locuras como la de ayer. Me besó y ni siquiera fue un beso de verdad. Fue el mismo tipo de beso que me daba mi hermana, pero al mismo tiempo fue completamente diferente.

Un segundo más, si me hubiera besado un segundo más se hubiera encontrado sobre mi escritorio con mi lengua dentro de su boca, conmigo dentro de ella. Un maldito beso casto.

No quería pensar cómo sería un beso de verdad.

—Oh, joder —exclamó Z.

—¿Qué? —gruñí.

—Conozco esa mirada, primo, y solo tengo un consejo para ti. Si no quieres acabar como tu padre, como el mío y los demás. Corre. No esperes ni un minuto. Nada de sé-lo-que-estoy-haciendo. Nada de follarla para sacarla de tu cabeza. No funciona. Acabarás hundiéndote más y más hasta que sea demasiado tarde para la salvación.

—La conocí antes de que viniera a trabajar para mí. Estaba sola con una rueda pinchada en la carretera y rechazó mi ayuda. Dijo que no. Le sonreí, me miró y dijo que no. Solo la quiero porque dijo que no, Z. No es amor.

—Ya. Yo que tú me alejaría, por ejemplo, podrías ir en mi lugar a esa reunión con los alemanes —propuso Z.

Una de las relaciones de una noche de Z había terminado mal. La mujer se obsesionó con él, fingió un embarazo y cuando todo se acabó Z juró no volver a Alemania.

—Si prometes no tocar a mi asistente, iré —dije.

—De acuerdo, ¿echamos un vistazo a esos informes? Tengo una cita para comer.

Terminamos la reunión, Z se fue y seguí con mi trabajo hasta que escuché la risa de mi hermana. Esperé verla entrar, pero la puerta permaneció cerrada así que me puse de pie y salí de mi despacho.

Aya estaba sentada sobre una esquina del escritorio de Sky. Su cuaderno de dibujo en sus manos. Manos que se movían a una velocidad que seguía asombrándome.

—¿Aya?

—Zaid, le he prometido un aumento a Sky si se dejaba dibujar —dijo Aya sin levantar la mirada de su cuaderno.

Sky estaba en su silla, la preocupación reflejándose en sus ojos verdes.

—¿Aumento? —pregunté.

—Bueno, creo que la palabra que usé fue triplicar —reconoció Aya.

—No es necesario —murmuró Sky.

—Triplicar no es un problema. Que tú estés dibujando a mi asistente en horario laboral sí. Ella necesita trabajar y tú, no sé, siéntate en un rincón y déjala trabajar o haz una cita para otro día.

—Tú necesitas un café. —Se rio mi hermana —. Tráeme a mí también uno.

Sky me miró y se puso de pie, pero mi hermana le gritó

que no se moviera. Me di la vuelta y caminé hasta la cocina. Necesitaba un café para no mandar al diablo a mi hermana o para no coger a Sky, cerrar con llave la puerta de mi despacho y besarla hasta borrar esa expresión de miedo de sus ojos.

Miedo.

Apareció en sus ojos en el instante en que me vio salir del despacho y aumentó con la mención del maldito café. ¿Me tenía miedo? No le había hecho nada. Ni me había insinuado, ni le había gritado.

Preparé los cafés y le llevé uno a mi hermana y otro a Sky. Aya no levantó la cabeza de su cuaderno, pero Sky me miró boquiabierta y olvidó respirar cuando le guiñé el ojo. Cogí mi café y volví a mi despacho.

Poco después mi hermana abrió la puerta.

—¿Vienes a almorzar? —preguntó.

Asentí porque tenía hambre y porque era mi hermana. Nunca dejaba pasar la oportunidad de comer con ella. Eran nuestros momentos favoritos. Salí del despacho y vi a mi hermana hablando con Sky. Las dos se dirigieron hacia el ascensor cuando me vieron.

Miré a mi hermana con el ceño fruncido.

¿Qué diablos?

Entré en el ascensor detrás de ellas y vi como Sky maniobraba para alejarse lo más posible de mí. Empezaba a irritarme.

La primera vez había mostrado mi interés y entendí que no estaba interesada. Entender no, pero respetar sí. El miedo no tenía sentido y me estaba sacando de quicio.

Subimos hasta el restaurante de la azotea y mientras mi hermana estaba ocupada hablando con Sky le pedí al camarero una mesa diferente a la que tenía reservada. Nos llevó a una mesa y ayudé a mi hermana a sentarse en la única silla disponible.

Sky no tuvo más remedio que sentarse en la banqueta. Sí, estaba usando las tácticas de seducción con mi asistente, pero era su culpa. Imagínate, tenerme miedo a mí.

Me senté a su lado y ahogué mi risa cuando la vi alejarse de mí. Casi se cae de la banqueta. Mi hermana me echó una mirada amenazante, pero la ignoré.

Comimos y casi no participé en la conversación, de hecho, fue un monólogo ya que mi hermana no paró de hablar sobre su próxima exposición. Sky se mantuvo en silencio comiendo poco de la comida de su plato. Había pedido una ensalada, pero por la manera en la que estaba comiendo diría que no era su favorita.

Lo que me pareció extraño fue que Sky no se relajó en ningún momento. Mantuvo la espalda rígida y los músculos tensos durante la media hora que duró la comida.

—¡Oh, Dios! Voy a llegar tarde —exclamó Aya poniéndose de pie—. Sky, ha sido un placer conocerte y espero verte pronto. Nos vemos el sábado, Zaid.

Sky murmuró algo y también intentó ponerse de pie, pero la detuve poniendo mi mano sobre su muslo. Me di cuenta de mi error en cuanto la vi aguantar la respiración.

—Quédate, termina tu postre —dije retirando la mano.

Sky cogió el tenedor. No me miró. No me habló.

¡Jesús! Z tenía razón. Linc también. Estaba jodido.

—No te voy a comer, señorita Hardy, excepto si me lo pides —dije.

Empezó a toser y cogió el vaso de agua. Bebió un poco antes de girar la cabeza hacia mí y mirarme con los ojos húmedos. Húmedos y que mostraban algo que había pensado imposible.

Interés. Tanto que no tenía sentido su comportamiento. ¿Por qué me temía?

—Tengo una reunión en Berlín pasado mañana. Necesito

que me acompañes, ¿tienes el pasaporte en regla? —dije.

—Danielle no dijo nada de viajar —murmuró.

—O sea, no. Ya me encargaré de ello.

Sky se quedó mirándome.

—No —dijo finalmente—. No puedo viajar.

—¿Por qué no?

Los próximos minutos la miré mientras buscaba una buena excusa para negarse a viajar conmigo. No tenía ninguna. Mentir tampoco podía. Y sí, lo disfruté demasiado.

—Danielle tiene los detalles del viaje. Habla con ella, ¿ok?

Luego la acompañé de regreso a la oficina y el día transcurrió sin problemas. Aparentemente sin problemas porque concentrarme en el trabajo me estaba costando. No podía sacar a Sky de mi cabeza.

Al día siguiente llegué temprano al trabajo porque tenía una reunión con mi padre. Estaba en mi despacho con la puerta abierta y vi llegar a Sky. Llevaba una pequeña maleta de color rosa que guardó en la cocina.

Se movía de una manera diferente cuando pensaba que estaba sola. Incluso hablaba sola y sonreía. Cambió totalmente cuando entró en mi despacho con el café recién hecho.

—Señor, no sabía que estaba aquí —dijo.

—Zaid, puedes llamarme Zaid —dije poniéndome de pie. Caminé hasta ella y cogí la taza de café de su mano.

—No, no puedo y no debo —murmuró ella sin apartar la vista de mi boca.

—¿Y siempre haces lo que debes hacer?

Levantó la mirada y asintió. Incliné la cabeza hacia ella, acerqué mi rostro al de ella.

—Yo siempre hago lo que no debo —confesé, mis labios a

un centímetro de los de ella.

Sky retrocedió.

Confieso que me sorprendió, esperaba que fuera a hacer lo que deseaba. Besarme. También me sorprendió su fortaleza. Yo quería besarla, equivocado o no, planeaba besarla, pero ella retrocedió.

Pronto.

No podía resistirme mucho. Ninguna mujer podía.

El teléfono de ella sonó y aprovechó la oportunidad para salir corriendo de mi despacho. La mujer me estaba matando. ¿Por qué corría de mí si me deseaba? Porque me deseaba, de eso estaba seguro.

Pronto.

Pronto iba a averiguar todo lo que quería saber.

A las cinco en punto nos marchamos de la oficina. Sky se había cambiado de ropa, ahora llevaba unos vaqueros que se ajustaban de manera muy tentadora sobre su trasero y una camisa blanca abotonada hasta arriba.

Mantuvo su distancia. Ella fue increíblemente cuidadosa de no tocarme y yo, aunque quería tocarla, la dejé hacerlo. No quería ponerla más nerviosa de lo que estaba.

Quería seducirla, sí, pero de camino al aeropuerto la vi sentada pegada a la puerta de la limusina y me pregunté si saltaría si tuviera la oportunidad. Eso me cabreó. También me hizo entender que no era nada personal.

Se sentía atraída por mí, pero por su comportamiento deduje que tenía pareja. Estaba enamorada de otro hombre. Esta madrugada me había masturbado en la ducha pensando en ella.

Jodido pervertido estaba hecho.

—Quédate —dije cuando el coche se detuvo en la pista del aeropuerto.

—¿Quedarme? —preguntó Sky.

—Quédate, no te necesito en Berlín. Ottis te llevará a casa.

Vi la confusión en su rostro, pero no me importó demasiado. Había malinterpretado demasiado sus expresiones y solo quería poner algo de distancia entre nosotros. Tal vez unos días en Berlín iban a ayudarme a sacarla de mi cabeza.

—Dijiste que sí.

—Mentí —gruñí abriendo la puerta del coche.

No llegué a bajar ya que Sky me agarró el brazo. Su pequeña mano no tenía la fuerza para detenerme, pero esos dedos con uñas pintadas de rosa rodeando mi muñeca enviaron un escalofrío a través de mi columna.

—No puedes mentir —dijo.

—¿No puedo? —Levanté una ceja mirándola a los ojos.

—Si yo no puedo tú tampoco puedes.

Siendo el bastardo que era aproveché el momento para averiguar qué quería.

—¿Hay un hombre en tu vida? —pregunté.

Sky sacudió la cabeza.

—¿Prometido, novio, marido, enamorado? —insistí.

—Nadie, no hay nadie —murmuró.

Cerré la puerta y me giré hacia ella. Puse mi mano sobre la suya.

— Si vas conmigo, si te subes a ese avión, Sky, debes saber que exploraremos esto. Sea lo que sea esto. Piénsalo. Tienes cinco minutos.

Una vez más abrí la puerta y me encaminé hacia el avión. Al poner el pie en la escalera escuché pasos detrás. Me di la vuelta y extendí la mano. Sky dudó un breve instante antes de aceptarla.

La quería en mi cama e iba a tenerla, pero tenía la impresión de que al subir a ese avión con ella mi vida iba a cambiar. El viaje iba a durar tres días y ese era el tiempo que iba a darme para sacarla de mi cabeza.

No podía permitirme encapricharme con una mujer. De ahí al amor y al matrimonio solo había un paso y no, no quería nada de eso para mí.

Subimos al avión y Sky soltó mi mano enseguida. También intentó sentarse en un asiento alejado del mío.

—¿Asustada, Sky? —susurré.

—No, solo quiero sentarme cerca de los servicios —murmuró sin mirarme a los ojos.

Cogí su mano y la llevé hasta el sofá que estaba a dos pasos del servicio. Nos sentamos y Sky abrochó su cinturón en un abrir y cerrar de ojos. Luego entrelazó sus manos en su regazo y respiró profundamente.

—Si hay un accidente de avión las probabilidades de sobrevivir son nulas —murmuró ella.

—La empresa que construyó este avión pertenece al grupo Diaz-Kincaid-Kader. No habrá accidente —le aseguré.

—¿Seguro? —preguntó Sky mirándome con esos ojos verdes llenos de miedo.

¿Por qué esta mujer nunca sonreía feliz? Siempre había preocupación o miedo en sus ojos.

—Sí, tranquila. Pero, si por alguna razón algo falla hay paracaídas. Es así como mi primo salvó su vida y la de su esposa.

—¿Perdona? Dijiste que no habrá accidente, pero ¿hubo uno?

—Un pequeño fallo, no hubo heridos de gravedad y fallecidos tampoco.

Sky me escuchó atentamente mientras le explicaba sin

entrar en detalles la aventura de mi primo. El accidente, los días que pasaron en la isla. El secuestro de después no lo mencioné ya que eso era algo que ella no debía saber.

El avión despegó y ella ni siquiera se dio cuenta. Tenía trabajo que hacer, pero prefería hablar con ella, verla mirarme fascinada así que continué contándole pequeñas cosas sin importancia.

La conversación iba bien hasta que le pregunté sobre su familia. El calor de su mirada se convirtió en un frío ártico. Se puso de pie con la excusa de ir al servicio y al volver parecía otra persona.

No insistí y cogí mi portátil. Trabajé durante dos horas, horas en las que Sky no se movió de su asiento. No leyó, no comprobó su teléfono móvil. Solo aceptó el vaso de agua que le sirvió la azafata.

Mis dedos quemaban sobre el teclado de mi portátil. Un par de teclas y tendría toda la vida de Sky enfrente de mis ojos. Lo sabría todo desde el momento en que nació hasta esta mañana cuando entró por la puerta de mi despacho.

Cuando decidió contratarla Danielle envió sus datos al equipo especial de departamento de recursos humanos para comprobar que todo estuviera bien. Sky omitió un par de cosas, como su nombre entero, su dirección, sus estudios.

Una investigación superficial trajo a luz esos pequeños detalles. Sky Rylee Hardy nació en una pequeña ciudad en la costa. Su padre falleció pocos meses después dejando a una madre joven con dos niñas pequeñas. Madre que no tardó ni seis meses en volver a casarse.

Sky obtuvo buenas notas en el colegio, estudió derecho online, pero no se había presentado al examen final. Era lista, muy lista, solo había que echar un vistazo a sus notas y no entendía por qué no había seguido con la carrera.

Podría ser una muy buena abogada, pero en cambio ella

estaba trabajando como mi asistente. Esto también le abriría un montón de oportunidades, pero no era mucho y no era lo mismo.

Necesitaba tiempo así que se lo iba a dar, pero no mucho porque había tomado la decisión de que ella y yo vamos a durar tres días. No más. A la vuelta de Berlín estaría de nuevo como antes, sin la obsesión que sentía por ella.

Durante la cena le pedí ayuda con algunos de los detalles de la reunión que tenía a primera hora en Berlín y poco a poco se relajó, pero no demasiado. Más de una vez noté que estaba mirando su bolso, una vez hasta sacó su teléfono, suspiró y volvió a dejarlo.

Entonces le entregué el mío.

—Es por satélite —dije.

Lo cogió e hizo una llamada. Mientras esperaba me miró a los ojos, le guiñé un ojo y volví a mi portátil. Sin embargo, trabajar no me impidió escuchar su conversación.

—No, no hemos llegado, pero quería saber cómo estás. No seas pesada, Storm. No lo hagas, me lo prometiste.

Cuando la voz de Sky subió de tono dejé de fingir y la miré. La desesperación había vuelto a sus ojos.

—Storm, vas a arruinar tu vida —dijo Sky llevando la mano a su cabeza y deshacer su moño—. ¡Jesús! ¿No entiendes que no hay nada que podamos hacer? Solo quiero vivir tranquila... ¿Crees que no se me rompe el corazón cuando pienso en ella? Pero es ella o nosotras, Storm. Y ella está bien. ¡Entiéndelo!... Ok, si te vas yo no vuelvo. Me quedaré en Berlín o me buscaré la vida en otra ciudad, pero yo contigo no vuelvo si lo haces.

Sky colgó y me devolvió el teléfono.

Luego gritó.

Furia. Impotencia. Dolor. Miedo.

¡Joder!

Era un idiota pensando que podía follarla y dejarla después de tres días. En apenas unas horas había visto más facetas de ella que estaba seguro de que ni siquiera una vida sería suficiente para conocerla.

Estaba jodido.

Capítulo 6

Sky

La expresión de la azafata me hizo reaccionar. Me di cuenta de que había perdido completamente la cabeza y casi, casi tenía miedo de mirar a Zaid. No obstante, lo hice y lo único que encontré en su rostro fue curiosidad.

—Lo siento —murmuré.

—Déjame adivinar, ¿familia?

Asentí porque la última conversación que tuve con mi hermana no había ido nada bien. Y ya que acababa de gritar enfrente de mi jefe y él no me despidió y tampoco me miró como si estuviera loca, decidí hablar.

—Mi hermana, Storm, acaba de averiguar que tenemos una hermanastra. Storm se marchó de casa hace mucho tiempo por culpa de nuestra madre y de su marido y piensa que nuestra hermanastra estará mejor con ella. Pretende ir a casa y traerse a la niña.

—Si no tiene pruebas y motivos justificados no puede hacerlo, por lo menos, no legalmente —dijo Zaid.

Evité su mirada porque la tonta de mi hermana iba a cometer un delito. Bueno, no sería la primera vez, pero esta vez estaba segura de que iba a terminar en la cárcel.

—Sky, mírame —ordenó Zaid y me obligué a girar la cabeza hacia él. Esos ojos morados parecían listos para leer mi mente, pero eso era imposible—. ¿Tu hermanastra está en peligro con sus padres?

No estaba segura. Posiblemente. Sí, seguramente. Había algo en el fondo de mi mente que me decía que Storm tenía razón, que debíamos sacar a Lily rápidamente de casa de sus padres.

—Sí, pero no tengo pruebas —dije.

—Las pruebas no importan. Llama a tu hermana y dale este número —dijo Zaid entregándome un trozo de papel.

—¿De quién es?

—De alguien que puede salvar a tu hermanastra. Sin pruebas, sin preguntas, para siempre.

—¿Legalmente? —pregunté, aunque ya sabía la respuesta.

No había manera de quitarle la custodia a los padres. Sí que había, pero no estaba dispuesta a hablar sobre el pasado y mucho menos denunciar. Perdería más y sí, eso me convertía en una mala persona porque había dejado a mi pequeña hermana a merced de esos monstruos.

Mi madre iba a destruirla mentalmente y su padre también. Pero si yo hablaba entonces no quedaba nadie para cuidarla. Ella terminaría a merced de los Servicios Sociales y ahí tampoco iba a estar mejor.

—Si eso es lo que quiere tu hermana se puede hacer —dijo Zaid.

—Eso es imposible. —Sacudí la cabeza.

—Nada es imposible, Sky.

—¿Por qué? —pregunté.

—¿Por qué? —repitió él.

—¿Por qué me ayudas? Quieres follarme, eso es obvio, pero no creo que me desees tanto como para hacer algo ilegal solo para llevarme a tu cama.

Zaid extendió la mano, agarró mi muñeca y me obligó a

ponerme de pie. Luego me acercó a él y me sentó a su lado en el sofá. De alguna manera sus manos se deslizaron en mi cabello y la caricia envió un escalofrío a través de todo mi cuerpo.

—Te deseo, pero no importa si tú y yo follamos. Ayudaré a tu hermana porque es lo correcto. ¿Entendido? Si acabamos en la cama será porque tú lo deseas, no porque sientes que me debes algo.

—Ok —susurré.

Era una mala persona. Mis hermanas eran lo último en mi mente ahora. Solo podía pensar en los dedos de Zaid que acariciaban mi cuello y en sus labios que estaban a unos pocos centímetros de los míos.

Ahora tenía la oportunidad de besarlo. Total, para eso había venido con él, ¿no? Me advirtió que esto iba a pasar. ¿Y qué si sabía que al final arruinará mi vida? Mi vida era un desastre desde hace tantos años, ¿qué más da una relación mala?

El tiempo pasó. Segundos. Un minuto o dos. Zaid seguía mirándome. Seguí mirándolo.

—¿Me vas a besar?

Él sonrió y mi corazón saltó. Mi interior se derritió.

—No estoy seguro de que sea una buena idea ahora mismo —dijo.

—Dijiste que siempre haces lo que no debes hacer.

—Sí, pero esto es diferente. Cuando y si te besaré, necesitaré toda tu atención y participación.

Abrí la boca, pero cambié de opinión. Tenía tiempo para explorar lo que sentía por él.

—Necesito llamar a Piper, estoy segura de que mi hermana ya está de camino al aeropuerto —dije.

Zaid deslizó las manos de mi cabello y me entregó de nuevo su teléfono. Afortunadamente, Piper estaba con mi hermana. Había conseguido convencerla de que era una locura lo que quería hacer. Le conté que Zaid nos había ofrecido su ayuda y Storm me prometió llamar mañana a primera hora.

La vida de mi hermanastra no era perfecta en casa con sus padres, pero todavía no había llegado a ser un infierno y sí, si había una posibilidad de sacarla de allí iba a aprovecharla. La pregunta era otra. ¿Qué diablos iba a pasar con la pequeña? ¿Quién la iba a cuidar?

Era mi hermana, pero no estaba preparada para tanta responsabilidad. Criar y educar a un hijo era un trabajo duro. Además, estaba jodida, mi mente estaba bien jodida. La de Storm también.

Si Zaid se enterara de lo que hicimos, me echaría de su empresa y ese sería el menor de mis problemas.

La conversación con mi hermana terminó mejor que la anterior y cuando le devolví el teléfono a Zaid yo estaba sonriendo. Estaba feliz, no sabía si iba a durar, pero tenía esperanzas y eso era suficiente.

—Deberías dormir un poco, no tendrás mucho tiempo antes de la primera reunión —dijo Zaid.

Por lo visto, tenía que acompañarlo a esas reuniones. No tenía ninguna idea por qué me necesitaba, pero estaba cansada y me recliné en el sofá preparándome para dormir.

—Aquí no —dijo Zaid.

Me agarró la mano y me puso de pie. Luego me llevó al fondo del avión y abrió una puerta. Claro que ahí había un dormitorio con todo lo necesario.

—Te despertaré antes de aterrizar —dijo él antes de salir y cerrar la puerta.

Me enfadé conmigo misma cuando la decepción me golpeó fuerte. Me hubiera gustado dormir con él o hacer algo más. Eso no tenía sentido. Toda mi vida he vivido con el miedo a los hombres y ahora estaba desesperada por estar con uno.

Pero ya había dejado claro que no tenía ninguna idea de cómo sobrevivir en este mundo, ¿qué más daba si no entendía lo que deseaba? He vivido con miedo, protegida por la abuela y ahora debía cuidarme yo sola.

¿Qué Zaid no era el hombre para mí? No lo era, lo tenía claro.

¿Qué iba a enamorarme de él? Era tan claro como el cristal.

¿Qué iba a sufrir? De eso no había duda alguna.

Zaid Kader era guapo, rico y soltero. Lo había buscado, pero no había mucha información sobre él en Google, ni siquiera tenía un perfil en las redes sociales y eso que Piper me aseguró que todo el mundo lo tenía.

Sin embargo, trabajaba para él y la oficina era igual que el club de jardinería de la abuela: un lugar donde los cotilleos eran tan importantes como el aire. Escuché aquí y allá, susurros, partes de conversaciones porque yo era la nueva y nadie quería decirme nada en la cara.

Lo más importante lo averigüé un día cuando fui a buscar papel para la impresora. La sala era enorme y me quedé fascinada por todos los artículos de papelería. Por eso no escuché a las mujeres cuando entraron y me quedé en silencio mientras ellas hablaban.

Zaid era un mujeriego. Ninguna mujer pasaba dos veces por su cama, pero siempre las trataba bien. Las que habían tenido la suerte de acabar en su cama hablaban maravillas de él.

Pero no, eso no era lo interesante y preocupante. Eso era sobre su primo con el que compartía nombre, Zaid, pero lo llamaban Z. El primo era hombre de usar y tirar a las mujeres. No las maltrataba ni nada parecido, pero su frialdad era igual de mala.

Y Storm se había acostado con él. Bueno, fue un polvo

rápido en una habitación oscura o eso es lo que me contó Piper. Storm no quiso hablar del tema.

Estaba preocupada por ella. Entre el hombre que no iba ni siquiera a saludarla si la veía por la calle y el lío con nuestra hermanastra la cabeza de Storm debía ser un infierno y ella no reaccionaba bien a estas situaciones.

Cuando se sentía atrapada cometía errores.

No obstante, cuando me tumbé en la cama y cerré los ojos la preocupación por mi hermana fue reemplazada por el rostro de mi jefe y lo que quería de él.

Un día, dos, tres.

No importaba lo que me dijo la abuela, lo deseaba e iba a aceptar las consecuencias. No sabía qué iba a traerme el día de mañana y debía disfrutar mientras podía.

Horas después me desperté y la habitación estaba a oscuras, pero no fue eso lo que me pareció raro. El calor que sentía a mi espalda sí. Bueno, el primer indicio fue el brazo sobre mí abdomen, pero no me puse a gritar lo que hubiera sido lo normal.

Total, me había ido a dormir sola y despertaba con un hombre en mi cama, pero no era cualquier hombre. Era mi jefe que de ogro no tenía nada.

Me quedé ahí quieta mirando su mano sobre mí abdomen y escuchando su respiración, solo cuando estuve segura de que estaba durmiendo me atreví a girar la cabeza y mirarlo.

Era igual de guapo dormido que despierto, pero menos intimidante.

Eché un vistazo al reloj de su muñeca y suspirando me levanté de la cama. Pronto íbamos a aterrizar y necesitaba ir al servicio y arreglar un poco mi cabello que había olvidado recoger en una trenza como hacía siempre.

Hice lo que pude en el pequeño aseo y al salir no volví al

dormitorio. Sabía que si volvía al lado de Zaid no sería capaz de abstenerme. Le pedí un café a la azafata y esperé.

Poco después él salió del dormitorio, me dio los buenos días y un beso en la mejilla y pidió el desayuno. Luego cogió su teléfono móvil e hizo como si yo no existiera. Aterrizamos y un coche nos llevó a nuestro hotel.

—En una hora nos vamos a la reunión —me dijo Zaid en cuanto entramos en la suite.

Recordaba muy bien los detalles del viaje que me había enviado Danielle. La suite presidencial para Zaid y una estándar para mí.

¡Diablos, Danielle!

¿Cómo pude olvidar que ella estaba liada con Zaid?

—¿Y mi habitación? —le pregunté.

Zaid se estaba quitando la americana y se paró a medias. Me miró con el ceño fruncido.

—Hay tres dormitorios, elige el que más te guste —dijo dejando caer la americana sobre el respaldo de una silla. Caminó hacia mí, esos ojos suyos mirándome con una intensidad tremenda—. Sky.

—Sí —dije, mi voz temblando sin saber muy bien por qué.

—Pensaba que habíamos decidido explorar lo que hay entre nosotros —dijo Zaid.

—Sí, pero olvidé que estabas en una relación con Danielle. Así que voy a necesitar una habitación para mí.

—¿Danielle? —gruñó.

Asentí.

—¿Danielle y yo?

—Sí, vosotros —espeté irritada por la expresión que veía en su rostro.

—Y es por eso por lo que no hago esta mierda, dijo.

Luego se dio la vuelta, agarró su teléfono e hizo una llamada.

—Hermana, necesito que me encuentres una mujer. La mujer perfecta para un matrimonio de conveniencia. Que me da igual a quién le vayas a pedir ayuda mientras nada de eso llega a los oídos de mamá. Tienes un mes.

¿Qué diablos?

—Tienes una hora, señorita Hardy —dijo Zaid antes de dirigirse a una habitación y cerrar la puerta.

Me había perdido algo de lo que acababa de pasar porque era la única explicación a esta locura.

¿Matrimonio? Pero si anoche me dijo que quería explorar nuestra atracción.

Me di la vuelta y entré en el primer dormitorio. Tomé una ducha mientras intentaba encontrar el sentido a lo que había ocurrido. No había.

Eso era lo único que sabía, que no había razón ni explicación. Entonces, hice lo que hacía siempre. Echarme la culpa.

Era obvio, ¿no? Yo había entendido mal sus palabras, su comportamiento.

Cuarenta minutos después estaba lista. Vestida con un vestido negro hasta las rodillas que se ajustaba a la perfección a mi cintura y con el cabello recogido en un moño de profesora como lo llamaba mi hermana.

Al salir del dormitorio encontré a Zaid de pie en medio del salón. Me miró por un breve instante antes de encaminarse hacia la puerta.

Lo seguí a pesar de que no me dirigió la palabra.

Odiaba el silencio.

Era el arma que mi madre usaba para castigarme cuando era pequeña, bueno, la seguía usando, pero ahora ya no me importaba. La abuela solía hablarme mucho e incluso cuando no tenía nada importante que contarme llenaba el silencio con historias de su juventud o con cotilleos sin importancia.

Ella sabía que odiaba el silencio.

Sentada al lado de Zaid en el coche que nos llevaba a la oficina me di cuenta de algo. Él era mi jefe. Nada más. Incluso si hubiéramos acabado en la cama seguiría siendo mi jefe y un hombre al que yo no le importaba.

No me debía nada.

Yo no debería sentirme mal por su silencio.

Era mi jefe y yo su empleada.

Fin de la historia.

Como si supiera que estaba pasando por mi cabeza Zaid se comportó exactamente como lo haría con una empleada. Llegamos a las oficinas de la empresa y lo único que hicimos fue trabajar.

Tomé notas, pedí informes, preparé café.

También me di cuenta de que no me necesitaban aquí. Había al menos tres secretarias y otros tantos asistentes que podían hacer mi trabajo. Danielle estaba asistiendo a la reunión por Zoom así que lo único que hice ahí fue el ridículo.

Se me hizo obvia la razón por la que mi jefe me había llevado de viaje.

Sexo.

No iba a pasar, pero aun así me sentía mal. Inútil.

El sentimiento no era nuevo para mí, pero estaba harta de sentirme insignificante. Necesitaba hacer algo con mi vida. No podía simplemente sobrevivir o depender de otros.

Y mientras mi jefe negociaba un nuevo acuerdo sobre no

sé qué empresa yo empecé la búsqueda de algo que me hiciera feliz. Necesitaba un propósito. Algo. Lo que sea.

¿Y si me quedaba en Europa?

En Berlín no porque no hablaba alemán, pero podía ir a otro país. Hablaba un poco de español así que podría irme a España. Un nuevo comienzo, total, no tenía nada en Estados Unidos.

A Storm sí, pero ella había sobrevivido sin mí durante mucho tiempo. Además, estará demasiado ocupada con la pequeña como para importarle mi vida.

Cuando terminó la reunión estaba sonriendo, pensando en empezar de nuevo en España. Lo que no sabía era si debía irme ahora o esperar los tres días que duraba el viaje de negocios de Zaid. Tal vez tenía suerte y me pagaba los días trabajados.

Tal vez, pero mientras miraba a Zaid despedirse de sus abogados me di cuenta de que había algo que quería hacer antes de empezar de nuevo.

Capítulo 7

Zaid

Era tarde.

Debería dormir o trabajar, pero las dos me resultaban imposibles de hacer y solo había una culpable.

Esa maldita mujer de cabello naranja. Sabía desde el primer momento que iba a poner mi vida patas arriba y había tenido razón.

Imagínate, Danielle y yo. Ni siquiera quería saber cómo había llegado a una conclusión tan disparatada.

No podía concentrarme en el trabajo con ella tan cerca, con ella en la misma habitación. Solo recordar su cuerpo caliente y la manera en la que se acurrucó en mis brazos anoche en el avión me ponía duro.

Me había convertido en un hombre igual que mi primo, mi control inexistente por culpa de una mujer.

Después de la primera reunión le había entregado mi tarjeta de crédito y la envié a comprar regalos para mi madre y Aya. Volvió una hora después y tuve que mandarla de nuevo a buscar un regalo para mi padre. La quería lejos de mí, pero, maldita mujer, no colaboraba.

Cualquier recado que le daba lo llevaba a cabo en el menor tiempo posible. Al final, le dije que ya no la necesitaba y le di el resto del día libre. Y mientras yo seguía en la oficina ella estaba disfrutando de los servicios que ofrecían el spa del hotel.

Había cenado sola porque fui un bastardo y no la invité a cenar conmigo y el resto de los empleados que me acompañaron al restaurante. Ahora ella estaba en su habitación mientras yo sentado en el sofá en el salón de la suite intentaba trabajar.

No obstante, lo que debía hacer y lo que hacía eran dos cosas diferentes. Estaba pensando en ella. Desnuda. Debajo de mí. Gritando mi nombre.

Maldije. Era imposible no ponerme duro cuando pensaba en ella. Era un jodido adolescente de nuevo. Iba a colocar mi miembro en los pantalones cuando escuché una puerta. El salón estaba a oscuras, iluminado solo por la pantalla de mi portátil y la luz de la ciudad que entraba por la ventana.

Pero sabía quién era.

Sky.

Vi su silueta encaminarse hacia mí. Se paró al lado del sofá y sentí su mirada. No me moví. No hablé. Era su turno, si quería algo debía pedirlo, debía dar el primer paso.

—¿Estás con Danielle? —preguntó.

—No.

Sky respiró aliviada y sonreí. A veces era tan fácil saber qué estaba pasando por su cabeza.

—¿Ya tienes a la mujer perfecta para ese matrimonio de conveniencia?

—No.

Ella murmuró algo, pero lo hizo tan bajo que no lo entendí. Luego se sentó en el sofá, su cadera pegada a la mía. Vi su brazo moverse y aterrizar sobre mi pecho.

—Zaid —dijo y su voz me rompió. Era más baja, más ronca, expresando necesidad, deseo.

De todos modos, iba a ir al infierno así que al menos podía disfrutar antes.

La mano de Sky se deslizó por mi pecho y aproveché para envolver una mano alrededor de la parte posterior de su cabeza. Ese cabello suyo era más suave de lo que había pensado. Olía a lirios cuando hubiera jurado que olía a naranjas.

Acerqué mi boca a la suya y sentí que su cabeza se inclinaba en mi mano, preparándose, lista.

¡Jodidamente increíble!

En el instante en que mis labios golpearon los suyos, se abrieron y deslicé mi lengua dentro.

Ella me deseaba, había venido a buscarme y me iba a conseguir.

Sin romper el beso me puse de pie y la abracé, puse las manos en su trasero y ella no dudó ni un instante en saltar y rodear mi cintura con sus piernas. Entonces me encaminé hacia mi dormitorio.

La deseaba y ella me deseaba.

Ni había llegado al dormitorio y sus manos estaban trabajando para quitarme la camisa. No me importaba la ropa, me importaba sentirla, saborearla. Planté una rodilla en la cama, luego a ella y luego me alejé mis manos levantando su camisón blanco.

Enganché los dedos en sus bragas mientras la miraba a los ojos. Sky asintió y era lo que necesitaba para bajarlos del todo y tirarlos a un lado. Debería haberme desnudado. Debería haberla besado de nuevo.

Sin embargo, me moría por probarla. Abrí sus piernas, deslicé las manos sobre la parte interna de sus muslos y puse la boca sobre ella.

Sky gimió.

Sky se quedó inmóvil.

Sky mantuvo la respiración.

Esa no era la respuesta que solía recibir cuando bajaba

sobre una mujer y levanté la cabeza para mirarla. Tenía los ojos cerrados, todos los músculos de su cuerpo tensos y las manos cerradas en pequeños puños.

¡Jódeme!

No podía ser.

—Sky —gruñí.

Ella abrió los ojos y me miró. El deseo que vi en los suyos era igual que el mío, de eso no había duda.

—Dime que no soy el primero.

—No puedo mentirte, ¿recuerdas?

Nunca había estado con una virgen. No había tenido la oportunidad. Ni había sentido la necesitad. Ni la había buscado. Ni era importante.

Pero...

Pero en ese momento con los ojos de Sky mirándome con deseo, con sus piernas abiertas para mí y con el conocimiento de que nadie la había tocado, perdí la cabeza.

Totalmente.

Chupé su clítoris con fuerza, enterré mi lengua profundamente. Sky puso sus piernas sobre mis hombros y ella hundió sus talones en mi espalda balanceándose contra mi boca, sus manos en mi cabello, sosteniendo mi boca sobre ella.

Por ser su primera vez era tan caliente. También era tan dulce, tan necesitada, tan fantástica. Poco a poco sus gemidos se convirtieron en jadeos. No tardé nada en sentir su cuerpo temblar cuando el orgasmo golpeó.

Sky gimió mi nombre.

No era la primera vez que una mujer gritaba mi nombre en la cama, pero ahora se sentía diferente. Si no hubiera estado tan desesperado por enterrarme dentro de ella tal vez hubiera intentado descifrar lo que significaba ese diferente.

Sin embargo, me levanté y desabroché mis pantalones. Sentí los ojos de Sky sobre mi cuando la cubrí con mi cuerpo. Ella dudó un momento antes de abrir sus piernas aún más para acomodar mi cuerpo.

Quise preguntar si estaba segura, pero deslizó sus manos en mi cabello y presionó su boca contra la mía. En un instante estaba perdido y eso también era nuevo.

El deseo, la desesperación era algo nuevo para mí. Nunca había sentido esa necesidad.

Perdí el control cuando su lengua entró en mi boca y la penetré. Despacio, pero aun así Sky gimió de dolor.

—¡Joder! —gruñí.

Esperé hasta que ella estuviera lista para continuar. Abrió los ojos y me miró.

—Es extraño, mis dedos nunca se sintieron tan bien —dijo.

—¡Jesús, Sky! No me digas eso —gruñí, golpeando mi boca contra la suya.

Sky jadeó cuando la penetré un poco más y luego un poco más hasta que ya no había a donde ir. Envolvió sus piernas alrededor de mis caderas y ella gimió. Cada vez que empujaba dentro de ella escuchaba sus gemidos y era una tortura.

Llevé la mano entre nuestros cuerpos y encontré su clítoris. Ella abrió los ojos y me miró con el ceño fruncido.

—¿Qué?

—Necesito sentirte venir cuando estoy dentro de ti. Hazlo, Sky.

Ella sacudió la cabeza, pero mis dedos la llevaron una vez más al orgasmo. Convulsionó alrededor de mi polla y se sintió tan jodidamente bueno que mi mundo explotó.

No sabía por qué antes nunca había sentido lo mismo. Había algo en la manera en la que ella deslizaba sus dedos a través de mi cabello, en cómo sus piernas me rodeaban, en cómo sus músculos internos me agarraban dentro de ella.

Mi rostro estaba en su cuello, me moví y besé su mejilla. Luego sus labios.

—¿Estás bien? —pregunté.

—Sí —dijo, una sonrisa dibujándose en su rostro. Tan bonita. Tan suave. Tan frágil.

Y yo había sido de todo menos suave. Antes de ponerme de pie besé sus labios rojos.

—Ahora vuelvo —dije.

Caminé hasta el cuarto de baño y abrí el grifo de agua. Esa gran bañera iba a tardar un siglo en llenarse, pero era lo que ella necesitaba así que esperé unos minutos. Luego volví al dormitorio.

Sin una palabra la cogí en brazos y la llevé hasta la bañera. La metí dentro y me di la vuelta.

—Zaid —susurró Sky, y me giré hacia ella—. ¿Podrías quedarte?

Me metí en la bañera, me senté detrás de ella y la abracé. Su cabeza encontró mi hombro en un instante y es así como nos quedamos unos minutos. La mano de Sky estaba sobre mi rodilla, la movía arriba y abajo, a veces paraba, se quedaba quieta unos instantes, suspiraba y retomaba el movimiento.

No tenía el poder de leer su mente, pero, joder, como me hubiera gustado saber en qué estaba pensando. Todo pasó de repente. Que la deseaba era obvio y normal, pero valoraba la tranquilidad de mi vida demasiado como para empezar algo con Sky y más después de averiguar lo que ella pensaba sobre mí y Danielle.

Otro punto en contra de una relación con Sky era que no quería una relación. No con una mujer que me hacía sentir cosas que no quería sentir.

Eran buenas, emociones y sentimientos de las que solía ver en los rostros de mis seres queridos, pero era justo lo contrario a lo que yo deseaba.

Aun así, aquí estaba. Abrazándola después de haber tomado su virginidad. Y sabía, joder, sabía que no debería preguntar, que no era importante, pero quería saberlo.

—Veinticinco años —murmuré.

—¿Por qué no haces lo que todo hombre haría? Pasa del tema hasta la próxima vez que veas a tus amigos, entonces podrás contarles que has sido el primer hombre en la vida de una mujer. Seguro que te dan un premio o algo —espetó ella.

—Seguro que sí —gruñí viendo cómo se ponía de pie y agarraba una toalla con la que empezó a secarse.

Nunca había tenido paciencia para los cambios de humor de las mujeres. Por eso nunca había tenido una relación. ¿Para qué hacerlo cuando lo único que me interesaba era sexo y eso lo podía conseguir en cualquier momento?

Con cada momento que pasaba estaba más convencido de que un matrimonio de conveniencia era lo mejor para mí. Un hijo o dos, un heredero. Una mujer que supiera desde el primer momento cuál era su lugar, una que no me molestaría con su malhumor.

Una que no me importaría.

¡Maldita mujer de cabello naranja!

Me importaba y la odiaba por hacer que me importara.

Salí de la bañera, me até una toalla alrededor de las caderas y fui a buscarla. Hubiera sido demasiado fácil encontrarla en mi cama. Estaba en la suya, justo se estaba poniendo un camisón cuando abrí la puerta.

—Necesito dormir —dijo dándome la espalda y metiéndose en la cama.

—No me conoces, Sky, y yo tampoco te conozco, pero...

—Pero nada, señor Kader. Dijimos que el viaje era para explorar lo nuestro, ¿verdad? Ya lo hicimos y no hay nada más que decir o explorar. Fue interesante, eso es todo. Ahora podemos seguir con nuestra relación profesional.

Por un breve instante me pregunté si era posible que Sky tuviera una hermana gemela porque esta mujer era completamente diferente a la que yo conocía. La frialdad con la que me miraba era sorprendente y decidí que era lo mejor.

Exploramos y ahora podíamos poner punto final. Solo fue un rato agradable, nada extraordinario, nada inolvidable.

—Ok, señorita Hardy. Recuerda que mañana tenemos una reunión a las nueve de la mañana.

Volví a mi habitación, me tumbé en la cama e intenté dormir.

A las cinco de la mañana bajé al gimnasio. A las siete y media nos subieron el desayuno a la habitación y llamé a la puerta de la habitación de Sky. No obtuve respuesta ni en ese momento ni media hora después.

Cuando decidí entrar encontré la habitación vacía. La cama hecha, las puertas del armario abiertas y el interior vacío. Sky no estaba, solo había un papel sobre la cama.

Dimito.

Me senté en la cama y miré esa palabra escrita con tinta de color azul durante mucho tiempo. La letra era perfecta. Me pregunté cuánto había tardado en escribirla, cuántas hojas había tirado antes de llegar a tal perfección.

No obstante, nada de eso importaba.

Sky había sido mi empleada. Una mujer con la que pasé una noche... ni siquiera eso, pero pronto ya ni recordaré su nombre. Será una más.

Me puse de pie y fui a desayunar. Tenía un montón de reuniones programadas para hoy y esperaba terminar a tiempo para volver a casa esta misma noche.

Lo conseguí. A las diez de la noche estaba en el avión volando de vuelta a Nueva York. El papel de Sky guardado en el bolsillo de mi americana.

Había tenido la intención de tirarlo a la basura, pero de alguna manera terminé doblándolo y guardándolo en el bolsillo.

Me había hecho un favor al dimitir. Me hubiera enamorado de ella. Lo sabía. Si hubiera seguido siendo mi asistente habría caído.

Era mejor así.

Volví a casa. Al trabajo. Al nuevo asistente que Danielle contrató.

Los días pasaron y de vez en cuando el recuerdo de Sky volvía a atormentarme. Había sido el primer hombre de su vida y me preguntaba si seguía siendo el único.

También pensé en averiguar dónde estaba, pero me di cuenta de que no tenía por qué.

¿Por qué buscarla? ¿Para ver si quería otro revolcón?

Aya me estaba buscando una esposa, hasta ahora había fallado estrepitosamente, pero tenía fe. Encontrar la esposa perfecta no era imposible, solo necesitaba paciencia.

Habían pasado dos semanas desde el viaje a Berlín cuando recibí una visita inesperada. Danielle estaba mejor y había vuelto a trabajar, pero se lo estaba tomando con calma. Pero en ese momento estaba gritando tan alto que la podía escuchar desde mi oficina.

Salí a ver qué estaba pasando y la encontré hablando con una mujer que me parecía familiar. Suponía que era alguna de las mujeres con la que había pasado una noche y ahora había venido a buscar algo más.

Otra cita. Dinero. Pero viendo el odio en sus ojos cuando se giró para mirarme ya no estaba tan seguro de que estuviera dispuesta a pasar tiempo conmigo.

—Danielle, ¿qué está pasando? —pregunté.

—Sky ha desaparecido —contestó mi asistente.

—¡Y es tu culpa! —espetó la mujer—. ¿Por qué la abandonaste en Berlín?

—Storm, ¿por qué no te sientas un momento? Voy a por un café y luego hablaremos, encontraremos a Sky. Te lo prometo —dijo Danielle.

La miré sorprendido.

—La señorita Hardy dimitió durante un viaje de negocios. La empresa no estaba obligada a pagar su vuelo de vuelta a casa, pero si lo hubiera hecho entonces no hubiera sido un problema —expliqué —. Pero, no lo hizo así que si ella ha desaparecido no es nuestro problema.

Las dos me miraron sorprendidas y tengo que reconocer que hasta yo lo estaba un poco, pero Sky había tomado la decisión de dimitir y desaparecer.

No era mi problema.

—Pero, Zaid.

Danielle intentó hablar, pero una sola mirada mía la hizo cerrar la boca.

—Señorita Hardy, si su hermana ha desaparecido debería hablar con la policía. Estaremos encantados de colaborar con ellos en cualquier cosa que les hiciera falta.

—Ya sabía yo que todo lo que decían de vosotros era mentira —espetó Storm—. Sois todos unos hijos de puta.

Se dio la vuelta y como no estaba prestando atención chocó con el pecho de mi primo.

Ella gimió asustada.

Él la abrazó sonriente.

Ella retrocedió.

Él la miró frunciendo el ceño.

Y mientras Storm marchaba enfadada hacia el ascensor recordé dónde la había visto antes. Ella y Z. En el club.

¡Infiernos! Esto no era bueno.

—¿Hijos de puta? —preguntó Z después de mirar a Storm desaparecer en el interior del ascensor.

—Ese sería Zaid —espetó Danielle—. Yo me voy a comer.

Ella cogió su bolso del cajón de su escritorio y se dirigió hacia mi ascensor privado.

—Danielle. —Giró la cabeza y me miró desafiante—. La señorita Hardy no es nuestro problema. Si descubro que hiciste algo para ayudarla serás despedida.

Ella decidió que mi amenaza no merecía una respuesta y se marchó.

—¿Me vas a explicar qué ha pasado aquí? —preguntó Z.

—Prefiero golpearte —le respondí.

Z se echó a reír y un cuarto de hora después me dejó darle el primer golpe en el cuadrilátero de boxeo.

Éramos primos, habíamos crecido juntos en una familia cariñosa y todo eso, pero éramos chicos y los chicos suelen resolver sus problemas y malentendidos con los puños. La primera vez que le rompí la nariz tenía ocho años y nuestros padres no estuvieron muy encantados.

Fue Vladimir el que nos enseñó a y desde ese momento se convirtió en un ritual. Una vez a la semana o cuando uno de nosotros lo necesitaba nos reuníamos para pelear.

Era una forma de terapia algo extraña. No hacía falta hablar de lo que sentíamos, pero hoy me encontré contándole a Z sobre Sky.

—Deberías casarte con ella —dijo él quitándose los

guantes de boxeo.

Se limpió la sangre del labio que le había roto con ese primer puñetazo y sonrió.

—En serio, primo. Si no puedes sacártela de la cabeza cásate con ella —continuó Z—. Con tus condiciones, eso sí.

Casarme con Sky.

Era una locura.

Yo quería un matrimonio de conveniencia con una mujer que no me hiciera sentir nada y Sky era justo lo contrario.

No.

Casarme con ella era una locura.

Capítulo 8

Sky

Era tonta.

De eso no había ninguna duda. Bueno, o tal vez no sabía cómo tomar una decisión teniendo en cuenta el hecho de que nunca tuve que hacerlo. Siempre lo hicieron otros por mí. Mi madre, mi hermana, mi abuela.

Claro que la primera vez que me toca decidir consigo arruinarlo todo.

Estaba con Storm por primera vez en mucho tiempo, tenía un trabajo temporal que pagaba bien. No era perfecto, pero no estaba para nada mal.

Pero, claro que tuve que arruinarlo todo al acostarme con mi jefe.

Oh, sí, pensaba que podía ser como Storm, acostarme con un hombre y al día siguiente olvidar su nombre, olvidar que haya sucedido. Yo no era como mi hermana. Me dejé llevar por el deseo, por las ganas de explorar y terminé corriendo avergonzada.

Pensaba que podía con todo y al final solo demostré que era peor que una niña pequeña en un parque de atracciones. Lo que pasó con Zaid fue mejor de lo que había pensado y estaba un poco enfadada porque nunca más voy a sentir lo mismo, pero eso había sido una locura.

Recogí mis cosas en medio de la noche y el conserje del

hotel me indicó el camino más corto hacia la estación de tren. Me fui caminando y solo después cuando estaba sentada en el tren en dirección a Barcelona me di cuenta de que había ido caminando sola.

Sola. Medio de la noche. Una ciudad que no conocía.

Algunos dirían que había sido valiente, pero yo sabía que había sido una tonta que no había pensado y que no me había pasado nada de milagro.

Aproveché el wifi del tren para buscar trabajo y un lugar donde vivir. Como echaba de menos la tranquilidad de mi ciudad natal decidí viajar a las islas. La Palma solo estaba a unas horas en ferry y es ahí donde terminé.

Llegué de madrugada con una mochila a cuestas porque la maleta la había cambiado con una chica en el tren. A ella le gustaba mi pequeña maleta y a mí su mochila, así que cambiar fue una buena decisión o eso pensaba en ese momento.

Ahora ya no. Me dolía la espalda de haber dormido en una butaca en el ferry, me dolía todo y caminar los tres kilómetros y medio hasta el hostal más barato de la isla fue una verdadera tortura. No obstante, valió la pena porque era barato, limpio y no tenía que compartir el cuarto de baño con otros huéspedes.

La mujer que me atendió en la recepción era la dueña, una mujer sonriente y amable que me invitó a un café mientras terminaban de preparar mi habitación. No sabía mucho de vivir sola, pero sabía de dinero.

La abuela vivía de su pensión a pesar de que en su cuenta bancaria había una muy buena cantidad de dinero, la herencia del abuelo, pero ella no quería ni hablar ni tocar ese dinero, tenía sus razones y yo no hice preguntas.

Ella me había enseñado a cuidar cada centavo, a no desperdiciar nada y a aprovecharlo todo. Así que ese café y el pequeño pastel de manzana me vino bien. Después subí a mi habitación y caí rendida.

Dormí hasta el día siguiente a las seis de la mañana cuando el hambre y el dolor de cabeza me despertaron. Tomé una ducha y me fui a desayunar. En el hostal no había servicio de comidas y tuve que salir a la calle. No tardé mucho en encontrar una cafetería abierta donde comí todo lo que no había comido desde que salí de Berlín.

Sentada ahí en la mesa escuché hablar a las camareras y averigüé que necesitaban otra camarera. No dudé en ofrecerme para el trabajo y ellos no dudaron en contratarme de prueba.

El sueldo solo me alcanzaba para comida y poco más, el gasto del hostal seguía saliendo de los pocos ahorros que tenía. Pero, estaba sobreviviendo y no me iba nada mal. Iba a trabajar, practicaba mi español y lo pasaba bien.

Mis compañeros eran divertidos y los clientes también, más de uno se ofreció a ayudarme a perfeccionar mi español, pero nunca fui tentada a decir que sí. El recuerdo de esa noche con Zaid seguía en mi mente día y noche.

No tenía experiencia, pero no era tan estúpida para no saber que esa noche había cometido un error grave. Me di cuenta después cuando viajaba en tren y no podía conciliar el sueño. Recordé cada beso, cada caricia, cada detalle. Recordé que él no había usado protección y estaba asustada.

No sabía qué era lo que más temía, un embarazo o una enfermedad de transmisión sexual. Como era normal, ya sabía que estaba haciendo justo lo contrario a lo que debía, busqué información en Google. No tardé ni medio minuto en acojonarme y desear no haber sido tan empeñada en explorar.

Maldita curiosidad.

Había vivido tanto tiempo sin sexo, podría haber sobrevivido un poco más o por lo menos podría haberlo explorado con un hombre que no me hacía olvidar mi propio nombre cuando me besaba.

Llevaba unas semanas viviendo en la isla y aunque no

estaba feliz, las cosas iban bien y no me quejaba. No había contactado a mi hermana excepto para enviarle un mensaje en el que le decía que estaba bien y que la llamaría en cuanto estuviera preparada.

Su deseo de rescatar a nuestra hermana me hizo darme cuenta de que le guardaba rencor a Storm. Fueron sus actos los que me llevaron a vivir con miedo. Me salvó de algo peor, pero eso no cambiaba el hecho de que me sobresaltaba cada vez que veía un policía.

Mi cerebro con la ayuda de todo lo que aprendí estudiando derecho intentaba asegurarme de que no iba a pasarme nada. Había sido una niña. Un accidente. No obstante, había otra parte de mi cerebro que no escuchaba y se empeñaba en mantenerme prisionera del miedo.

Estaba a salvo en la isla. Lejos de Storm. Lejos de mi madre. Nadie podía encontrarme.

Sí, a veces era así de tonta.

Era martes, un día soleado como todos y estaba trabajando en turno de mañana. Era aburrido porque no había mucha gente. La mayoría de los turistas desayunaban en los hoteles y los pocos clientes que entraban tomaban un café rápidamente.

Estaba tan aburrida que me puse a limpiar las estanterías.

—Sky, tienes clientes —me dijo Lucia, la otra camarera.

—Gracias —murmuré. Después de lavarme las manos salí a la terraza.

Solo había un cliente sentado en la mesa de atrás. Estaba mirando el mar, pero giró la cabeza en cuanto yo puse un pie fuera de la cafetería.

—Buenos días, señorita Hardy —dijo Zaid.

Zaid. Mi antiguo jefe. Mi primer amante.

Hoy no vestía traje. Llevaba una camisa blanca con los primeros botones desabrochados. También iba sin peinar.

Parecía un turista que estaba dando un paseo y decidió sentarse en una terraza y tomar una copa.

Ya.

No era tan tonta como para pensar que era una coincidencia. Era imposible que lo fuera.

—Señor Kader, ¿qué le sirvo? —pregunté sacando mi cuaderno del bolsillo.

—Café. Ya sabes cómo me gusta.

Me di la vuelta y no sé cómo llegué dentro. Tampoco sé cómo preparé el café o cómo se lo llevé.

No entendía qué estaba haciendo él aquí o por qué sentía miedo. Yo no había hecho nada malo. No fue muy correcto de mi parte dimitir en ese momento, pero tampoco era tan grave. Había sido más incorrecto acostarme con mi jefe, pero por alguna razón no creía que él estuviera aquí por eso.

—Siéntate —ordenó después de colocar el café sobre la mesa.

Di un paso hacia la silla cuando me di cuenta de que no tenía por qué obedecer sus órdenes.

—Tengo trabajo que hacer —dije a lo que él echó un vistazo a las mesas vacías—. Dentro, tengo trabajo dentro.

—Siéntate, Sky y no me hagas repetirme. No estoy de humor —dijo Zaid.

—Oh, no estás de humor —murmuré —. ¿Y hay algo más que deseas de mí? —espeté.

No me gustaba nada su actitud. Ya no era su empleada. No era nada suyo.

—Sí, cásate conmigo.

Me senté.

Lo miré a los ojos y, a pesar de que mi abuela me decía que no era capaz de darme cuenta si una persona mentía o decía la verdad, si era buena o mala, supe que hablaba en serio.

Zaid empujó el café hacia mí y cogí la taza. Tomé un sorbo que quemó mi lengua y no, el café no me ayudó. En esos segundos no fui capaz de encontrar una razón para su propuesta.

—Estás hablando en serio —dije.

—Sí.

—¿Por qué?

Zaid se reclinó en su silla y acarició su mandíbula con sus dedos. Su expresión era igual a la que tenía en las reuniones de negocios. Entonces, ¿yo era un negocio?

—Necesito una esposa —dijo.

—¿Por qué yo? —insistí.

—Porque no puedo sacarte de mi mente, ¿ok? Ahora, hay condiciones y...

—¡Infiernos, no! —espeté interrumpiéndolo—. Casarme ni siquiera es una opción para mí así que no hay condiciones ni nada de lo que hablar.

Me puse de pie, pero no me alejé.

—Dinero, respeto. Serás parte de una de las familias más poderosas del mundo. Tendrás todo lo que alguna vez hayas deseado —dijo.

—¿Y cómo sabes qué es lo que yo he deseado, lo que yo deseo? —pregunté.

—¿No todo el mundo quiere dinero y poder?

Volví a sentarme porque había algo que podía hacer con ese dinero y ese poder. Podría ser libre. Podría vivir sin miedo. Podría proteger a mi hermana.

—¿Cuáles son las condiciones?

—Será un matrimonio de conveniencia, pero eso lo sabremos tú y yo. Para el resto seremos una pareja normal.

Quiero hijos y esto no es negociable. Podrás trabajar o quedarte en casa a cuidar a los hijos, no me importa. No habrá amor entre nosotros y eso tampoco es negociable.

—No me lo estás vendiendo bien, Zaid. Hasta ahora no hay nada que me convenza de que casarme contigo sería beneficioso para mí.

—Dinero, poder y familia. ¿Qué más quieres?

Amor.

Sin embargo, no lo dije.

—¿Y cómo funcionaría exactamente nuestro matrimonio? —pregunté.

—Como cualquier otro, viviremos juntos, compartiremos cama hasta concebir y luego podremos distanciarnos un poco. No seré el típico marido que necesita a su esposa a su lado en cada momento.

—¿Por qué yo, Zaid? ¿Por qué no Danielle?

—En primer lugar, porque Danielle está casada con un amigo mío. En segundo lugar, porque necesito liberarme de esta obsesión que siento hacia ti desde el primer momento en que te vi. ¿Ya tienes suficiente para tomar una decisión?

—No, necesito tiempo para pensar —dije.

—Tienes hasta las nueve, vendré a recogerte para ir a cenar.

Se puso de pie y después de dejar dinero sobre la mesa se fue. Lo miré mientras caminaba rápidamente hacia el puerto. Me quedé ahí bebiendo su café hasta que Lucia me llamó.

El resto del día no fui capaz de pensar en otra cosa que no fuera su propuesta.

Casarme con Zaid Kader.

El hombre era rico, guapo y mis piernas temblaban cuando pensaba en él. Era un buen partido, pero la pregunta era:

¿yo quería casarme?

Siempre había pensado que el matrimonio no era para mí. Hasta la abuela me había advertido sobre el diablo de ojos morados, el hombre de mi vida, el hombre que me rompería el corazón una y otra vez.

Aun así, aquí estaba. Pensando seriamente en aceptar sus condiciones.

Nunca había pensado en casarme. Matrimonio significaba amor y verdad, yo podría amar, pero nunca decir la verdad, toda la verdad. Pero, Zaid me había dicho que el amor no estaba en la oferta y podría vivir sin ello.

El amor era lo que nos volvía ciegos, tontos, insensibles, nos quitaba la mente. Aunque, no estaba segura si quería renunciar. ¿Quería vivir toda mi vida sin saber lo que se sentía al amar y al ser amada?

Eran las nueve menos cinco cuando llamaron a la puerta de mi habitación. Había llegado del trabajo y después de ducharme me senté en la cama. Pensé y pensé, le di tantas vueltas a la propuesta que sentía la cabeza a punto de explotar.

Fui a abrir y no pensé. Lo hice cuando vi a Zaid vestido con vaqueros y camisa blanca.

—No estás lista —declaró él.

Obvio. Llevaba una camisa desabrochada y debajo solo un conjunto blanco de algodón. Algo en la manera en la que me miró no me sentó bien. Como si le molestara. Me acababa de proponer matrimonio, que sí, que era de conveniencia, pero esperaba por lo menos un poco de respeto.

Amistad también sería bueno.

—No.

Nos miramos. Yo quería cerrar la puerta y acabar con todo, de repente solo quería meterme en la cama y esconderme debajo de las mantas. Él, no sé qué quería, pero sé lo que hizo.

Entró en la habitación y cerró la puerta. Luego sacó de su bolsillo el teléfono móvil, tecleó algo y después esos ojos morados atraparon mi mirada.

—¿Cuál es el problema? —preguntó.

—No sé, ¿esa locura de propuesta que me hiciste esta mañana? —espeté—. Es que no tiene sentido.

—Yo quiero algo, tú quieres algo, tiene todo el sentido del mundo.

—Ah, ¿sí? Explícame una vez más qué es lo que tú obtienes de este matrimonio —le pedí.

Me senté en la cama dejando la única silla de la habitación libre para él. Pero, Zaid no se sentó, se quedó de pie con las manos en los bolsillos de sus vaqueros.

—Una madre para mi hijo. Una esposa que me acompañe a los eventos oficiales y familiares. Una mujer con la que compartir la cama hasta que los dos o uno de nosotros decida que esa parte de nuestra relación ya no funciona.

—Oh, ¿y luego qué pasa? —pregunté.

—Sky, si te casas conmigo ten en cuenta que el divorcio no es una opción. Quiero una familia, una madre para mi hijo. Siempre tendrás mi protección y respeto y lo que pase detrás de las puertas del dormitorio es nuestro asunto y de nadie más. Si esa parte funciona pues muy bien, si no funciona también. Cada uno se encargará de esa parte en privado, en secreto.

—O sea, que vamos a ser marido y mujer hasta que la atracción se acabe. Luego tú tendrás una amante —dije.

—Y tú también si es lo que quieres y si no olvides que nunca podrás abandonarme —declaró Zaid.

Un golpe en la puerta me dio el respiro que necesitaba.

¿Qué mierda de matrimonio era eso y por qué tenía sentido? Lo tenía, lo sé, era una locura, pero no lo veía tan mal.

Zaid fue a abrir la puerta y volvió a la cama con dos bolsas de comida. Fruncí la nariz al notar el olor a marisco.

—¿Estás bien? —preguntó él.

Asentí, pero me puse de pie y abrí la ventana. Me quedé enfrente respirando el aire fresco.

—¿Sky?

—No, no estoy embarazada —espeté—. No sé si me has contagiado alguna enfermedad, pero embarazada no estoy.

—Estás bien, nunca he tomado una mujer sin protección.

Giré la cabeza y lo miré. Me costaba creer lo que me estaba diciendo, según la abuela todos los hombres eran unos mentirosos y solo buscaban su placer.

—No me crees —dijo él.

—En este momento no me creo ni a mí misma —murmuré.

No sabía nada, ni quién era ni qué quería de mi vida. Estaba tan perdida que hasta la idea de tirarme por la ventana me parecía atractiva.

—Sky —susurró Zaid cerca de mi oído, no lo había sentido acercarse, pero ahora sí que sentía el calor de su cuerpo a mi espalda—. Vístete y vamos a dar un paseo.

Asentí, pero no me moví.

Delante tenía un mundo entero, grande y peligroso.

Detrás tenía un hombre grande y peligroso para mi mente y corazón, pero que me estaba ofreciendo su protección y respeto.

Finalmente, cogí unos shorts del armario y me los puse. Estaba tan inmersa en mis pensamientos que no me di cuenta de la mirada de Zaid.

—Lista, vamos —dije.

Me miró y de nuevo sentí esa mirada morada que me hacía sentir tan extraña. ¿Qué tipo de poder tenían esos ojos?

Zaid se acercó y fruncí el ceño al sentir sus manos cerca de mis pechos. Por un instante pensé que tal vez había cambiado de opinión sobre el paseo y quería quedarse en la habitación, en la cama. Pero no. Miré y vi que él estaba abrochando los botones de mi camisa.

¡Oh, diablos!

—Se me va la cabeza —expliqué—. Cuando estoy preocupada por algo suelo olvidar cosas.

—Entonces, deja de preocuparte. Podrías olvidar algo importante —gruñó él.

Con la mayoría de mis botones abrochados salimos de la habitación y ni había dado un paso fuera en la calle cuando sentí a Zaid coger mi mano. Era extraño. Nunca me habían sostenido la mano y Storm no contaba, era mi hermana.

Paseamos por las calles de la isla en silencio, mi mano en la suya, mi cabeza despejándose poco a poco. Terminamos el paseo en el puerto mirando los barcos o eso pensaba yo hasta que Zaid me ayudó a subir a un yate.

Era enorme, brillante y blanco.

—¿Zaid?

—Vamos a dar un paseo —dijo.

—Imposible, me mareo. Mucho.

—¿Mucho? —preguntó él, guiándome hacia el interior del yate.

—¿Quieres escuchar la historia de cuando tenía seis años y fuimos a pasar el día en el mar y vomité sobre todos y todo a la hora de la comida?

—Claro que sí. —Zaid sonrió.

Acepté la botella de agua que me estaba entregando. Me

senté en el sofá y él al otro lado, pero ni lejos ni tan cerca. Estaba a mi alcance si quería tocarlo y quería, Dios, sí quería. Su sonrisa era hechizante, pero no era solo eso. Era la manera en la que me miraba.

¿Qué había cambiado?

¿Por qué me miraba de esa manera?

Capítulo 9

Sky

—¿Cómo has llegado a pensar que un matrimonio de conveniencia es una buena idea para ti? —pregunté a Zaid.

Era tarde, llevábamos horas hablando y aun así parecía que no sabía lo suficiente sobre él. Tampoco era muy fácil sonsacarle información.

—No quiero complicaciones, Sky, el amor lo complica todo y yo quiero tener una vida tranquila.

—La vida es complicada y no solo si el amor está involucrado, lo sabes, ¿no?

— Puedo manejar las complicaciones, señorita Hardy, cualquier tipo de complicaciones.

—Excepto amor —murmuré mirando al mar.

Era hermoso y casi quería arriesgarme a marearme solo para irme más lejos, donde solo había mar, cielo y silencio.

—¿Y tu familia qué piensa de esto?

—No he preguntado y aunque no les diré la verdad, lo sabrán, pero no pasará nada. Si nosotros somos felices ellos también. ¿Podrás ser feliz, Sky?

La felicidad no era algo a lo que yo estuviera acostumbrada, no la felicidad completa. Había vivido momentos, instantes breves cuando todo parecía estar bien. Era una ilusión, obvio.

—Todo tipo de complicaciones —murmuré.

—Sí, por ejemplo, tu hermanastra —dijo Zaid.

Estaba equivocado, ella solo era una pequeña parte de una situación complicada. No obstante, Zaid dijo que no le importaban y eso era lo único que necesitaba para tomar la decisión.

—Ok —dije y Zaid me miró levantando una ceja. ¿Por qué me gustaba tanto ese gesto? —Acepto tu propuesta de matrimonio. Seremos socios, tendremos un hijo...

—O dos —me interrumpió Zaid y me encogí de hombros, uno, dos o tres, me daba igual el número.

—Sin complicaciones amorosas y las relaciones extramatrimoniales se mantendrán en secreto, no quiero ser la pobre esposa a la que todo el mundo mira con pena, ¿ok? No importa nuestro acuerdo, nadie puede saber que tú estás con otra mujer.

—O que tú estás con otro —dijo Zaid.

Dudaba que llegara el momento de desear a otro hombre, pero asentí.

—También tengo una condición —murmuré sin mirarlo —. Hay... complicaciones en mi vida que quizás algún día salgan a la luz. Voy a necesitar tu promesa que vas a manejar el asunto, que los míos y yo estaremos a salvo.

—¿De qué tipo de complicaciones estamos hablando, Sky?

—¿Importa? Dijiste que podías manejar lo que sea —espeté.

—Puedo, pero eso no es el problema. Necesito saber de qué se trata.

—No, me lo tienes que prometer sin saber de qué se trata o no hay acuerdo.

Me puse de pie, mis piernas temblando porque me estaba

jugando el futuro. Poco a poco había llegado a considerar la propuesta de Zaid como lo mejor que me haya pasado en la vida.

Sería la esposa de un hombre rico, guapo. Sería la madre de sus hijos. Sería parte de su familia y aunque solo había conocido a su hermana tenía la impresión de que eran buenas personas.

Y él sería mi escudo protector si algo pasaba.

Era un milagro que podía perder si él averiguaba la verdad.

—Ok, Sky, tienes un acuerdo.

Me di la vuelta tan rápido que me mareé.

—¿Estás de acuerdo? —pregunté.

—Sí —dijo acercándose a mí y no sé por qué, pero retrocedí hasta que mi espalda tocó la barandilla—. Fijaremos la fecha de la boda y...

—¡No! —exclamé—. Ahora, quiero casarme ahora.

Zaid extendió la mano y agarró con sus dedos mi barbilla. Inclinó mi cabeza mientras una sonrisa se dibujaba en su rostro.

—No me gustan los secretos, Sky —dijo.

—A nadie le gustan, pero a veces son necesarios —murmuré.

Me miró a los ojos. Le devolví la mirada a pesar del miedo que sentía. No podía cambiar de opinión. No podía cambiar de opinión. Lo repetí en mi cabeza durante esos momentos tan largos que él se tomó para pensar.

Su pulgar acarició mi pómulo, luego sus dedos se deslizaron en mi cabello mientras su otra mano se deslizaba por mi cuello, sobre mi hombro y alrededor de mi espalda, bajó la cabeza y me besó. Fue un beso sin lengua. Fue dulce y duró un segundo.

—Ok, Sky, vamos a encontrar a un sacerdote —dijo.

Suspiré aliviada y ese alivio me duró poco. Zaid se alejó para hacer unas llamadas y fue cuando las dudas empezaron a agobiarme.

¿Qué sabía de mi futuro marido?

¡Nada!

¡No, Sky!

Intenté calmarme porque casarme era la mejor opción. ¿Qué tenía de malo, qué estaba perdiendo? Nada. ¿Mi libertad? No era libre, nunca lo fui y ¿para qué diablos necesitaba libertad?

¿Amor? Tendría hijos a los que podría amar, no necesitaba el amor de un hombre.

—Tendremos que esperar hasta mañana para casarnos —anunció Zaid.

—Vale —murmuré.

—Envié a alguien al hostal a por tus cosas, nos quedaremos aquí esta noche.

¡Mierda!

¡Estaba pasando! Mi vida al lado de Zaid empezaba ya. Era su prometida, ¿no? Mañana seré su esposa.

—Y ahora estás perdiendo la cabeza —dijo él.

—No —me apresuré a decir—. Es la alegría.

Zaid se echó a reír, cogió mi mano y me llevó a la cocina. Este yate era inmenso y no podía esperar a ver la parte de abajo.

—Siéntate y echa un vistazo —dijo Zaid poniendo sobre la encimera su teléfono móvil.

En la pantalla se veía la imagen de un anillo de compromiso. Era bonito y ostentoso. Era algo que llevaría Storm.

—Bonito —murmuré.

Zaid, que estaba a mi espalda cambió la imagen de su móvil. Tardé un instante en ver el otro anillo porque estaba mirando sus dedos y recordando lo que sentía cuando me tocaban.

—¿Sky? —gruñó él.

—Ah, es muy bonito —dije.

—¡Jesús! —exclamó él.

Y antes de saber qué estaba pasando me encontré sentada sobre la encimera, las manos de Zaid sobre mis muslos abriendo mis piernas y con su boca sobre la mía. A continuación, obtuve otra confirmación que no sabía que necesitaba.

La atracción seguía ahí. Lo que Zaid me hacía sentir no había desaparecido, no había sido simple curiosidad de virgen. Lo que él sentía tampoco había desaparecido.

Me tomó sobre la encimera. En la ducha. En el dormitorio.

Me quedé dormida en algún momento de la madrugada. Recuerdo escuchar la risa de Zaid cuando le dije que quería ver la salida del sol.

Y ahora era de mañana.

Estaba en una cama gigantesca en un dormitorio gigantesco. Miré hacia los pies de la cama y vi la puerta del baño. Estaba abierta.

Esa será mi primera parada.

Mis ojos se movieron hacia el suelo y vi mis pantalones cortos y mi sujetador enredados con los jeans y la camisa de Zaid. Me gustó, algo de eso me hizo sonreír y mi barriga se sentía rara, pero rara bien no rara mal.

¡Ay, Dios! Estaba en problemas. Eso no decía un matrimonio sin complicaciones. Eso decía desastre esperando a suceder.

Estaba tan jodida.

Sostuve las sábanas hasta mis pechos, me moví hacia un lado de la cama y estiré la mano. Decidí no usar mi ropa y agarré su camisa. Luego la levanté y me la puse mientras estaba en la cama. Tiré las sábanas hacia atrás y mantuve la camisa cerrada con mi mano mientras salía y me dirigía al baño.

El baño era limpio, bonito. Gigantesco.

Usé las instalaciones y luego me lavé las manos. Y mi excusa para lo que hice a continuación fue que era mi primera vez en casa, bueno, yate de un hombre. Zaid era mi prometido. Mirar en sus armarios no era husmear, ¿verdad?

Pasta dental. Desodorante. Hilo dental. Crema de afeitar. Maquinillas de afeitar. Cepillos de dientes. Eso era todo.

Abrí un cepillo de dientes y me cepillé mientras abría otro cajón. ¡Bingo! Condones. Lubricantes. Más condones. ¿Extragrande? Y yo pensaba que era por mi falta de experiencia y práctica.

Me enjuagué y me sequé las manos. Luego abroché algunos botones de su camisa y doblé hacia atrás las mangas largas. En los cajones no había ni un cepillo y ni siquiera una goma para recoger mi cabello así que lo peiné con los dedos.

Empeoré una situación que ya estaba mal, pero mi cabello era así. No parecía una bruja, parecía la escoba de la bruja.

Suspiré y salí.

Estaba nerviosa. ¿Por qué? No tenía ni idea. No tenía que impresionar a nadie, a Zaid le daba igual si era fea o guapa, delgada o gorda, arreglada o despeinada. Sus razones para casarse conmigo no tenían nada que ver con mi persona, ni con mi físico ni con mi personalidad.

Él quería una esposa y había decidido que yo era la persona indicada.

Salí del dormitorio y me dejé guiar por el aroma del café. Y es ahí donde estaba Zaid. En la cocina, con el torso desnudo, una taza de café en alto, mirándome.

Y lo supe. Justo en ese momento supe que estaba haciendo lo correcto.

Podría no amarlo, podría no vivir nunca ese amor de

cuentos de princesas y príncipes, pero podría vivir con ello. Podría vivir al lado de este hombre el resto de mi vida.

Socios. Amantes. Padres. Podía hacerlo.

Fui hacia él, directamente hacia él y no me detuve hasta que mi cuerpo golpeó el suyo, mis brazos se deslizaron alrededor de su cintura y presioné mis labios contra los suyos solo por un instante.

—Buenos días. —Sonreí y Zaid me sonrió también.

Uno de sus brazos se deslizó a mi alrededor, me acercó más a su cuerpo y me preguntó:

—¿Estás lista para casarte hoy?

—Decidida sí, lista no. No tengo un vestido y... ¡Dios! No puedo casarme con este pelo —me quejé.

—Toma, bebe esto y siéntate. Te voy a contar el plan para hoy mientras desayunamos —dijo Zaid colocando en mi mano su taza de café.

La cogí y me senté en la mesa donde ya estaba preparado el desayuno. Luego escuché boquiabierta el plan de Zaid para el día de nuestra boda.

¡Me estaba casando!

Lo sé, no quería cuentos de hadas y amor verdadero, pero una boda era un evento importante en la vida de una mujer. Estaba nerviosa, excitada, preocupada, pero también estaba feliz.

—¿Me atrevo a preguntar cuándo fuiste capaz de hacer todo eso?

Él sonrió y tomó un sorbo de café. Yo hice lo mismo mientras mi cabeza iba a mil por hora, el corazón también iba justo detrás.

El hombre sentado al otro lado de la mesa era el mismo hombre que me había hecho el amor toda la noche, el hombre con el que iba a casarme dentro de unas horas. Sin embargo, parecía otra persona.

No sabía decir exactamente qué tenía de diferente, pero me hacía sentir cosquillas en el estómago y eso no era bueno. Las cosquillas estaban en la lista de cosas prohibidas justo al lado de nunca subir al coche de un extraño.

Bueno, eran las reglas de la abuela y ella siempre había tenido razón, pero de alguna manera hoy no quería echar a correr al lado contrario y olvidarme de esas cosquillas. Ya había tomado mi decisión.

¿Qué podría salir mal?

—¿Quieres añadir o cambiar algo del plan? —preguntó Zaid.

Sacudí la cabeza.

—Es perfecto así.

—Falta algo —dijo y se puso de pie, luego cogió mi mano y me ayudó a levantarme.

Estaba ocupada mirando su pecho desnudo como para fijarme en lo que estaba haciendo él, pero luego lo sentí. El frío y el peso de un anillo en mi dedo.

Levanté mi mano y ahí estaba. Mi anillo de compromiso, el que Zaid me había mostrado la noche anterior. Era sencillo y elegante. Era mío.

Zaid deslizó un brazo a mi alrededor, me atrajo cerca de su cuerpo y deslizó la otra mano en mi cabello. Luego me besó, caliente y duro mientras yo me agarraba a sus hombros y mis piernas y entrañas se volvían líquidas.

Rompió el beso con lo que sonó como un gruñido frustrado.

Bueno.

Matrimonio de conveniencia había dicho. Su

comportamiento no parecía de conveniencia.

—¿Lista? —preguntó.

Asentí y su boca tocó la mía de nuevo, luego me soltó y dio un paso atrás.

— Te veré luego —dijo Zaid.

Luego agarró su café y se fue.

Tenía muy buena memoria y el plan que hizo para hoy estaba todo en mi cabeza. Así que fui a ducharme. Cuando salí ya me estaba esperando la peluquera y la pobre, suspiró al ver mi cabello.

—Deberíamos darnos prisa —dijo mientras su ayudante sonreía torpemente.

Sí, ese era mi pelo, la pesadilla de toda peluquera.

Pero al final no tomó tanto tiempo y resultó ser lo más asombroso que había tenido. Mi cabello estaba suelto y brillante, suave y rizado. Estaba siendo sostenido fuera de mi cara por horquillas para el cabello.

Tenía la sensación de que esas piedrecitas de las horquillas no eran de plástico, pero mantuve la boca cerrada y seguí admirándome en el espejo.

Más tarde, cuando la joven encargada del maquillaje terminó su trabajo y me dejó mirarme de nuevo en el espejo, casi me quedé sin aliento.

Mira, yo era bonita, más que bonita, y lo sabía.

¿Pero ahora? Ahora era asombrosa. Era una mujer muy hermosa con los ojos brillando de alegría.

No pensé en por qué la alegría era tan obvia en mis ojos. Hoy era mi día y lo iba a disfrutar.

Cuando volví a mi habitación el vestido de novia estaba allí, tal como dijo Zaid. No me dejó elegirlo como hizo con el anillo de compromiso, pero me lo preguntó anoche.

Le dije que quería un vestido blanco sencillo, no demasiado grande y recargado para mí. Solo blanco. Elegante. También le dije que me gustaban los lirios y ahí estaban, en la cama al lado del vestido.

Me puse el vestido con el corpiño de encaje con escote corazón, la espalda en pico. No me sentí como una princesa, pero me sentí mejor que nunca.

Estaba lista, a punto de ceder y tener un ataque de pánico cuando alguien llamó a la puerta. No podía ser Zaid, se suponía que se reuniría conmigo más tarde. Abrí la puerta del dormitorio y había un hombre.

—Señorita Hardy, esto es para usted —dijo.

Me dio una caja, una carta y una caja de medicamentos. Me tomó un segundo abrir la carta porque la curiosidad me estaba matando.

Querida Sky,

Mi hijo es un idiota, pero eso ya lo sabes, aceptaste casarte con él.

Disfruta el día de tu boda y te prometo que tendrás otra adecuada con tus amigos y familiares, me aseguraré de eso.

En la caja encontrarás algo nuevo y algo prestado.

Bienvenida a la familia.

Mia, tu futura suegra.

Antes de abrir la caja tomé dos pastillas contra el mareo. Y mientras me preguntaba cómo es que mi futura suegra a la que no conocía sabía sobre mi mareo. También me pregunté cómo es que sabía sobre la boda cuando Zaid me dijo que les avisaría después.

Me llevé una sorpresa al abrir la caja.

Más diamantes. Para alguien que ni siquiera tenía una caja

de joyas de mercadillo eran muchos diamantes. Obvio, era mujer y me gustaban, pero me parecía un poco exagerado.

Ya que quería llevarme bien con la madre de Zaid me puse el collar y los pendientes.

Luego esperé hasta que una vez más tocaron a la puerta. Debía ir a reunirme con Zaid. Había llegado la hora de casarme.

Cuando me contó sobre esta parte Zaid no me dio muchos detalles, solo me dijo que alguien me llevaría al lugar. Supuse que iba a ser en coche a un juzgado o algo. Suponía mal.

Me llevaron en helicóptero hasta una pequeña playa.

Me quité los zapatos antes de bajar del helicóptero y caminé sola hasta donde me esperaba Zaid. Detrás de él había un arco envuelto en tul blanco y lirios. Y nada más.

Bueno, el cura o juez que estaba ahí para oficiar la boda, pero yo solo tenía ojos para Zaid. Llevaba un traje de lino y no fue eso lo que más llamó mi atención, fue el brillo de sus ojos.

Era demasiado parecido a lo que había visto antes en mis ojos.

Caminé hacia él, una pregunta dando vueltas en mi cabeza sin parar.

¿Esto era de verdad una boda por conveniencia?

Yo ya estaba dudando de mis sentimientos, pero lo peor era que estaba dudando de los de Zaid. ¿Podría ser que todo fuera un engaño tonto? ¿Podría ser que nos estábamos engañando los dos pensando que no habrá amor en nuestro matrimonio?

Di los últimos pasos hacia Zaid y cuando me sonrió mandé al diablo todas las preguntas y las preocupaciones.

Era el día de mi boda, habrá tiempo después para preocuparme.

—Eres la novia más hermosa —susurró Zaid cogiendo mi mano.

Me sonrojé. Me quedé sin palabras y simplemente le sonreí.

Luego escuché al cura. Prometí honrar a mi marido. Amarlo y respetarlo todos los días de mi vida, hasta que la muerte nos separe. Prometí serle fiel y Zaid apretó mi mano cuando dudé antes de hacer esta promesa. Prometí estar a su lado en las buenas y en las malas, en la enfermedad y en la salud.

Zaid me hizo las mismas promesas y me costó mantener mi expresión serena. Me prometió amarme y aun sabiendo que era mentira cuando me miró a los ojos lo creí. O él era un buen mentiroso o yo era muy incrédula.

Deslizó una alianza en mi dedo, de oro y sencilla justo como la que yo deslicé en su dedo.

Para el momento en que el cura nos declaró marido y mujer había olvidado que lo nuestro no era una unión de verdad. Me entregué al beso de Zaid como si él fuera el amor de mi vida.

Luego, bailé con él sin saber de dónde llegaba la música, sin importarme nada más que él y sus brazos a mi alrededor.

Y mucho más tarde, después de comer en el yate y cortar una pequeña tarta blanca, hicimos el amor.

Y sí, olvidé que era un matrimonio de conveniencia.

Y me enamoré de mi marido.

Capítulo 10

Sky

Me estaba enamorando o eso pensaba hasta el día después de la boda.

Me desperté feliz y ni siquiera el hecho de que estuviera sola en la cama me bajó de mi nube de felicidad. Tomé prestada la camisa de Zaid y después de ir al cuarto de baño me fui a buscar a mi marido.

Lo encontré en la cocina. De pie, apoyado contra la encimera, una taza de café en su mano y una mirada pensativa en sus ojos. Sonreí y cogí su taza de café. Tomé un sorbo y me arrepentí en cuanto vi su ceño fruncido.

—Necesitamos hablar de algo —dijo él alejándose.

Caminó hacia la mesa. Sin tocarme. Sin decir buenos días. Sin darme un beso. No obstante, mi burbuja de felicidad no se desinfló.

—Ok —murmuré.

Coloqué su taza de café sobre la mesa y empecé a prepararme una para mí. Zaid se quedó en silencio hasta que me senté en la silla. Entonces empujó hacia mí una pila de papeles.

—Tienes que firmar esto —dijo.

—Quieres decir leer y después firmar, ¿verdad, Zaid?

No me respondió.

Abrí el archivo y leí el título. Contrato prenupcial.

—Debería haberlo firmado antes de la boda —murmuré. De nuevo no recibí respuesta de mi marido—. ¿Y si me niego?

—No lo harás.

—¿Estás seguro de eso? —pregunté.

—Sí, Sky, estoy seguro —gruñó él.

Pues yo no. Podría pedir el divorcio en dos días y me llevaría la mitad de su dinero.

El contrato era estándar al principio. Iba a recibir una suma de dinero para mis gastos mensuales y un montón de detalles financieros. Luego estaba el tema del divorcio que era un tema tabú.

—¿Sin divorcio, Zaid?

—Es un matrimonio de conveniencia, Sky. Obtienes todo lo que deseas, ¿por qué crees que algún día vas a querer el divorcio?

—Podría enamorarme de otro hombre o podrás conocer a la mujer de tu vida, ¿no has pensado en eso? —pregunté.

—No, pero si llegamos a ese momento en el que uno de nosotros quiere el divorcio lo hablaremos como dos adultos.

Continué leyendo el contrato.

Ahí estaba también la regla de las relaciones extramatrimoniales. Si ocurría tenía que ser en el más absoluto secreto, también había que guardar el secreto de nuestro matrimonio. Nadie debía saber la verdad.

Por cada año de matrimonio iba a recibir un millón de dólares.

—¿Me vas a pagar por seguir casada contigo?

—Esto es un negocio, ¿lo has olvidado?

Sí, al parecer lo había olvidado y mirando al hombre que desde ayer era mi marido me pregunté en qué diablos me había metido. No era el mismo hombre de ayer, pero ¿sabía quién era el hombre con el que me había casado?

Eché un vistazo rápido al resto del contrato y al final firmé.

Luego me fui al dormitorio y tomé una ducha. Necesitaba tiempo para poner orden en mis pensamientos.

Estaba metida en un lío impresionante y solo había tardado menos de un día en darme cuenta de ello.

Salí del cuarto de baño después de echar un vistazo en el espejo. Mis ojos estaban un poco rojos, pero podía decir que me había entrado champú. No obstante, a Zaid no le importaron mis ojos.

Ni siquiera me miró cuando entré en el dormitorio.

—Tengo una reunión de trabajo en Barcelona, deberías acompañarme —dijo.

—Prefiero quedarme.

Zaid continuó como si yo no hubiera hablado.

—Tienes una cita con una compradora personal, ella te ayudará con todo lo que necesitas.

—No necesito nada —espeté enfadada.

—Sky Hardy no necesita nada, pero desde ayer eres Sky Kader y necesitas verte bien.

Oh, eso fue como una bofetada y me borró las ganas que tenía de discutir. Cerré la boca y seguí a Zaid. Un helicóptero nos llevó al aeropuerto y de ahí cogimos un avión privado a Barcelona.

Zaid trabajó durante el vuelo y yo le escribí un correo electrónico a mi hermana. Bueno, lo intenté, pero fue imposible encontrar la manera correcta de decirle sobre mi boda.

Querida hermana, mi exjefe me ha propuesto un negocio demasiado bueno para rechazar. Seré su esposa hasta el fin de mis días.

Lo borré.

Storm, mi exjefe me ha propuesto matrimonio y he dicho que sí.

Ok, era verdad, ¿no?

Otra vez lo borré porque Storm no era tonta.

Querida Storm, me he enamorado de mi exjefe. Nos hemos casado.

Presioné enviar antes de cambiar de opinión.

Después de aterrizar en Barcelona nos separamos y fue extraño. Bajamos del avión y abajo había dos limusinas esperando.

—Debería terminar a tiempo para comer juntos —dijo Zaid.

Me quedé mirando su corbata preguntándome por qué infiernos quería comer conmigo.

—Sky, ¿me has escuchado? —gruñó.

—Sí —murmuré.

—¡Jesús!

No entendí a que venía eso, como tampoco entendí a lo que venía el beso que me dio. Y que beso fue, minutos después sentada en la limusina todavía podía sentir mis piernas temblando.

Zaid deslizó una mano alrededor de mi cintura, la otra en mi cabello y cubrió mi boca con la suya. Aprovechó que tuviera la boca abierta para preguntar qué estaba haciendo y su lengua entró.

Después de eso dejé de pensar y empecé a sentir.

Demasiado pronto perdí su boca y sus manos.

Zaid retrocedió, pero al darse cuenta de que mis piernas no me sostenían volvió a agarrarme y me mantuvo cerca de su cuerpo mientras me llevaba hacia una de las limusinas.

—Nos vemos después —me dijo antes de cerrar la puerta.

Con la cabeza hecha un lío me fui de compras.

La compradora personal que Zaid había contratado era un cielo de mujer. Era muy profesional, pero muy cercana y divertida. No tardamos ni dos horas en comprar todo lo que necesitaba.

Todo.

Compré abrigos, vestidos de día y de gala, vaqueros y camisetas, bikinis, ropa interior y camisones. Zapatos y bolsos.

Y porque me gustó, porque estaba enfadada con Zaid, compré un reloj de diamantes de oro rosa. Era brillante y bonito y en mi mente, de alguna manera, tenía sentido. Quería hacer enojar a mi esposo y eso era una locura, pero lo hice de todos modos.

Me estaba probando un vestido cuando se abrió la puerta del probador. Esperaba ver a Naomi, la compradora personal, que había hecho una mueca cuando me vio caminar hacia el probador con el vestido.

Estaba segura de que llegaba con otro más adecuado para la esposa de Zaid Kader. El que llevaba ahora mismo era negro, demasiado ajustado, demasiado escotado. Demasiado todo y estaba preparada para decirle que me lo iba a comprar cuando levanté la mirada y vi que la persona que había llegado era mi marido.

¡Jesús! Era una mujer casada y él era mi marido.

Y él, bueno, contrato prenupcial, amor, complicaciones, nada de eso importaba porque él me estaba mirando con tanto deseo que mis piernas se convirtieron en gelatina y mi corazón se aceleró.

—Bonito —dijo Zaid, nuestras miradas encontrándose en el espejo.

No dije nada mientras lo miraba acercarse. Tampoco lo

hice cuando puso su mano sobre mi cadera o cuando con la otra hizo a un lado mi cabello y besó mi cuello.

—Señora Kader, tengo otro vestido que creo que debería probar. —La voz de Naomi llegó del otro lado de la puerta justo cuando Zaid había girado mi cabeza y estaba listo para darme ese beso que me moría por recibir.

—Más tarde —susurró Zaid dándome un beso en la comisura de la boca.

Luego se fue y Naomi entró. Ella ni siquiera parpadeó al ver a Zaid dentro del probador. Probé un par de vestidos, pero el hambre me hizo rechazar cada uno y decidí poner fin al día de compras.

Salí del probador vistiendo uno de los primeros conjuntos que había comprado. Una falda lápiz con un lazo en la cintura y una camisa blanca. Al verlo en el maniquí me recordó a mi primer día de trabajo y tuve que comprarlo.

La falda era ajustada y entre eso y los zapatos de tacón alto no podía correr ni siquiera si mi vida estuviera en peligro, pero al caminar hacia donde Zaid estaba encontré que era algo bueno.

Le dio tiempo a Zaid de admirarme y esos ojos morados lograron que mojara mis bragas cuando me detuve frente al sofá donde estaba sentado. Se puso de pie, cogió mi mano izquierda y la llevó a su boca.

—Preciosa —dijo con sus labios tocando mis nudillos.

—Gracias —susurré.

—¿Hambrienta? —preguntó y asentí, pero los dos sabíamos que mi respuesta no tenía nada que ver con la comida. Zaid me sonrió—. Más tarde.

Me acompañó fuera de la tienda donde nos despedimos de Naomi y luego subimos a una limusina. Me senté y froté mis manos húmedas sobre mis muslos.

¿Qué me estaba pasando?

¿Desde cuándo me había convertido en esta mujer que solo pensaba en sexo?

No me atreví a mirar a Zaid cuando se sentó a mi lado, sabía que si lo hacía no sería capaz de detenerme. Lo deseaba tanto que era capaz de saltar sobre él.

Intenté respirar profundamente, pero la maldita falda me lo estaba impidiendo.

—Sky.

Como si no lo tuviera bastante difícil Zaid pronunció mi nombre con esa voz suya ronca. Giré la cabeza y lo miré. Una sonrisa se dibujó en su rostro en cuanto leyó en mi rostro lo que estaba sintiendo.

Sacudió la cabeza y se acercó. Colocó una mano sobre mi rodilla y la otra en mi barbilla. Y ya. Estuve perdida desde el instante en que sus labios tocaron los míos. No me importaba que estaba en una limusina o que había un hombre conduciendo el coche.

Solo importaba la boca de Zaid y la mano que había deslizado bajo mi falda, sus dedos que me tocaban sobre el tanga de encaje.

—Veamos qué tan rápido puedo hacer que te corras para mí —susurró él.

Mi cuerpo se contrajo porque estaba intrigado por esta sugerencia, luego su mano se deslizó debajo de mi tanga y entró. Mi espalda se arqueó y un gemido se deslizó de mi garganta con su nombre.

Los dedos de Zaid se deslizaron a través de la humedad entre mis piernas y gemí de nuevo. Él gruñó.

—Siempre lista para mí.

Entonces sus dedos se movieron. Se movieron de maneras deliciosas y exigentes, y mi marido demostró que podía hacer que me corriera por él muy rápido y también muy, muy duro.

Estaba en medio de un orgasmo muy dulce cuando su mano desapareció, su cuerpo desapareció. No había tenido suficiente.

—Zaid —murmuré.

Pero luego sentí sus dos manos debajo de mi falda y mi tanga fue arrastrada por mis piernas y desapareció. Las mismas manos subieron mi falda hasta la cintura y se posaron en mis muslos para abrirme para él. Para su boca.

—¡Oh, Dios! —jadeé deslizando mis dedos en su cabello.

Miré a pesar de que el placer era demasiado para aguantar con los ojos abiertos. Miré porque Zaid arrodillado entre mis muslos era demasiado bueno para perdérmelo.

Mis caderas se elevaron cuando él agregó dedos al trabajo de su boca y lengua. Jadeé sintiendo el segundo orgasmo cerca. Jadeé y me dejé llevar, pero Zaid continuó. Sus dedos me penetraban, su lengua sobre mi clítoris y experimenté el orgasmo más largo, brillante e impresionante de mi vida.

En medio de eso su boca desapareció, sus dedos también, su cuerpo también. Pero luego regresó, las manos sobre mi trasero y él dentro de mí.

¡Oh, Dios!

Zaid era fuerte y eso significaba que podía ir rápido y podía hacerlo con fuerza, todo lo cual me gustó mucho. Su rostro estaba en mi cuello y lo envolví con fuerza en mis extremidades.

—Zaid —respiré.

Su mano se interpuso entre nosotros, el dedo volvió a mi punto sensible y mi cuerpo se sacudió.

—No —gemí cuando lo que su dedo y su pene le estaban haciendo a mi cuerpo me sacudieron directamente hacia otro orgasmo.

Gemí contra sus labios, mis caderas se elevaron, mis extremidades se tensaron, mi espalda se arqueó y me corrí una vez más. Fue brillante una vez más y Zaid me besó, mis gemidos se deslizaron dentro de su boca.

Lo sostuve mientras me corría, luego bajé y él siguió arremetiendo contra mí, sus labios se deslizaron hasta mi oído donde lo escuché gruñir mientras iba más rápido, más fuerte. Me encantaba sentirlo todo. Sentirlo sobre mí, dentro de mí, sentir el inmenso poder de Zaid.

Levantó la cabeza y me miró y cuando lo hizo, me quedé mirando. Zaid era hermoso, pero más aún cuando él me llenaba, golpeaba dentro de mí, me tocaba, su rostro oscuro por el hambre, sus ojos morados, ardientes e intensos.

Sus manos abarcaron mis caderas y tiró hacia arriba y empujó profundamente mientras sus gruñidos se convertían en gemidos y finalmente se dejó llevar por el orgasmo. Y lo miré hacerlo. Él era guapo. Era aún más guapo cuando se dejaba llevar, cuando me miraba de esa manera.

¿Qué significaba esa mirada? No tenía ni idea. Podría ser como los hombres miraban a las mujeres cuando estaban teniendo sexo, no podía saberlo. Zaid era mi primer hombre y una parte de mi deseaba que fuera el único.

Mis extremidades se aflojaron y él se retiró. Pensaba que iba a deslizarse a mi lado, pero abrió un cajón escondido debajo del asiento y sacó unos pañuelos. Aguanté la respiración mientras él me limpiaba. Aguanté su mirada mientras me ponía el tanga y levanté mis caderas del asiento cuando bajó mi falda.

Zaid me sonrió, luego se inclinó y tocó su boca con la mía.

Apartó la cabeza, pero fijó sus ojos en los míos.

Los suyos estaban acalorados e intensos y estaba segura de que en los míos brillaba la vergüenza.

—¿Dónde vamos a vivir? —pregunté apartando la mirada de sus manos que estaban arreglando su miembro en sus pantalones.

En mi cabeza había un desastre, no sabía a dónde iba esto, no sabía lo que estaba pensando y tenía mucho miedo de lo que estaba sintiendo y me pareció lógico hablar de algo cotidiano.

—¿Dónde vamos a vivir? —repitió Zaid, deslizándose en el asiento a mi lado.

—Sí, no sé dónde vives y no había nada de eso en el contrato.

—Vivo entre Nueva York y Spring Lake, viajo mucho así que la decisión es tuya. La casa de Spring Lake es más grande, hay más espacio y aire fresco. Los vecinos son amables y la mitad son familiares míos.

—He conocido al sheriff —dije, recordando el incidente en la carretera.

—Linc, está casado con la hermana de mi padre. Mis padres viven cerca, el abuelo también y no estarás sola.

—Me gusta estar sola —murmuré.

—Es tu decisión, Sky. ¿Por qué no esperas a ver la casa y el ático de Nueva York antes de tomar una decisión?

Asentí.

El coche se detuvo y bajamos.

El restaurante era bonito, pero el servicio un poco lento. Había comido dos trozos de pan y el camarero todavía no llegaba con la comida.

Escuché a Zaid reírse y lo miré con el ceño fruncido.

—¿Qué? —espeté.

Su sonrisa se hizo más grande.

—Nada —respondió.

Hubiera indagado más, pero por fin llegó mi comida y prefería comer a intentar averiguar qué encontraba él tan divertido.

—¿Hablaste con tu hermana? —preguntó poco después.

—No, he tomado el camino fácil y le mandé un correo electrónico, pero me alegro de que tú no lo hiciste —le respondí.

—¿De qué estás hablando?

—De tu madre, me envió una carta ayer. Ah, deberías darme su número para agradecerle el regalo —dije.

Cogí un trozo de pescado con el tenedor y cuando quise levantarlo hacia la boca noté el silencio. Zaid me estaba mirando y el enfado había tensado su rostro y cada músculo de su cuerpo.

¡Mierda!

—No lo sabías —murmuré y recibí exactamente nada.

Zaid se puso de pie, tiró la servilleta sobre la mesa y caminó hacia la terraza del restaurante. Lo vi a través de los grandes ventanales. Sacó el teléfono móvil de su bolsillo e hizo una llamada.

Por lo que pude ver le gritó a alguien. Luego hizo otra llamada y gritó un poco más antes de calmarse, pasar los dedos a través de su cabello y sonreír.

Dos mujeres sentadas al lado de nuestra mesa lo estaban mirando con la misma atención. Estaban cuchicheando y hablando, escuché la palabra guapo y cama. Luego me obligué a no escuchar, a no mirar más.

El camarero recogió mi plato y me trajo el postre, una tarta de limón, que devoré mientras mi marido continuaba en la terraza con otra llamada telefónica.

Cuando volvió a la mesa su enfado había disminuido, pero no me habló y yo no pregunté. Pidió la cuenta y nos marchamos.

—Tengo un par de reuniones en Madrid, otras en Paris y Londres. ¿Quieres volver a Nueva York? —me preguntó una vez sentados en la limusina.

—Oficialmente somos una pareja de enamorados recién

casados, ¿no sería extraño volver sola?

—Tienes razón, vendrás conmigo —declaró él.

Ese fue el punto final de nuestra conversación y no volvimos a cambiar una palabra hasta la mañana siguiente. Hicimos otras cosas, eso sí. No volvimos a La Palma, la limusina nos llevó al aeropuerto y de ahí volamos a Madrid.

Una vez allí nos hospedamos en el hotel y cuando me metí en la cama pensaba que iba a dormir sola, pero estaba equivocada. No llevaba ni diez minutos en la cama cuando mi marido entró en el dormitorio, se quitó la ropa y se tumbó a mi lado.

Lo miré. Me miró. Me besó. Me deseó buenas noches.

Se dio la vuelta y se quedó dormido antes que yo.

Una vez más me pregunté en qué infiernos me había metido. Debería haberle hecho caso a la abuela, pero no.

Me dejé hechizar por unos ojos morados.

¡Maldita sea mi suerte!

Capítulo 11

Sky

Me tomó seis días averiguar cómo funcionaba mi matrimonio con Zaid. Durante los primeros días de nuestro matrimonio lo acompañé en sus viajes de negocios. Él se iba a trabajar y yo a seguir aumentando mi vestuario.

O a pasear.

Lo hice mucho porque era la primera vez fuera de Estados Unidos y no sabía cuándo o sí tendría otra vez la oportunidad de visitar Europa. Hice turismo y conocí rincones preciosos de Madrid, Paris y Londres.

Lo que no llegué a conocer fue a mi marido. Pensaba que iba a aprender cosas sobre él, pero estaba muy equivocada. A Zaid le gustaban pocas cosas.

El sexo, obvio. La comida, de nuevo, obvio. El trabajo y nada más.

Cada vez que intentaba hablar con él se cerraba más rápido que la caja fuerte de un banco cuando sonaba la alarma.

¿Conversaciones sobre trabajo, tiempo, arquitectura, cultura, películas y libros? Vale, de eso podríamos hablar durante horas.

¿Familia, novias, sueños? De ninguna maldita manera.

Y aprendí a evitar esos temas porque odiaba su silencio tanto como odiaba esa mirada suya distante. Hablé de todo y nada cuando me apetecía. Me quedé en silencio y leí un libro cuando me cansaba y me enfadaba de ser siempre la única que lo intentaba.

Zaid solo iniciaba una cosa. Sexo.

Y era bueno, de eso no tenía dudas y tampoco quejas. Me encantaba todo lo que él me hacía en la cama, solo en la cama porque a pesar de que ha surgido más veces la misma situación como la de la limusina él se mantuvo distante.

Así que teníamos sexo en la cama. Siempre. Pero yo lo deseaba siempre.

Cuando me llevaba a cenar, cuando lo acompañaba a un almuerzo de trabajo, cuando viajábamos en su avión. No obstante, mantuve la boca cerrada y no dije lo que deseaba. Mantuve las manos quietas y los ojos lejos de él.

Así que en menos de una semana aprendí qué le gustaba a mi marido y qué no. Aprendí que, de hecho, este sí era un matrimonio de conveniencia. Para él yo era un complemento.

Era una mujer que calentaba su cama, que a veces le acompañaba cuando sus socios iban a las cenas acompañadas de sus esposas.

Me había organizado una boda preciosa, me dio su apellido, pero nada más. No me preguntaba sobre mi día, no se ofrecía a traerme un café, no se preocupaba cuando llegaba tarde.

Llegué tarde una noche.

Estábamos en Paris y como él tenía una cena de negocios a la que no me necesitaba fui a dar un paseo. Cené en un pequeño restaurante y después caminé admirando todo lo que mis ojos veían. Y me perdí.

Mi teléfono móvil se había quedado sin batería días atrás y como había perdido el cargador iba sin móvil. De todos modos, no lo necesitaba. Nadie conocía mi número y el único que me llamaba era Zaid, pero siempre usaba el teléfono de la habitación de hotel.

Así que di vueltas y vueltas por las calles de Paris hasta que entré en pánico. Era tarde, las calles se habían vaciado poco a poco y estaba viendo sombras en cada rincón oscuro. Afortunadamente, un taxi pasó por ahí y se detuvo.

Pude volver al hotel sana y salva.

Entré en la suite y encontré a mi marido durmiendo tranquilo en la cama. Podría haber muerto, podrían haberme matado y él no lo hubiera sabido. En ese momento me di cuenta de lo poco que le importaba.

Y dolió, pero me sirvió para despertarme y entender que mi vida no era un cuento de princesas con final feliz. Era un cuento en el que la protagonista, o sea yo, aceptaba un matrimonio que le permitía vivir una vida acomodada.

Me había vendido y dolía comprenderlo.

Me tomó tres días más para acostumbrarme a mi nuevo papel. Era una mantenida porque prefería mantenida a la otra palabra que me vino a la mente cuando me di cuenta de que a mi marido le daba igual mi vida. Prostituta.

¡Sí! Estaba vendiendo mi cuerpo a cambio de algo, no de dinero porque esa no era la razón por la que acepté ser su esposa. Quería protegerme y proteger a mi hermana. Pero ya no importaba la razón, debía seguir con la vida que había elegido.

No iba a tardar mucho en quedarme embarazada. No había noche sin sexo así que solo era cuestión de tiempo. Quería ser madre. Con la protección ofrecida por Zaid podría disfrutar de la maternidad, cuidar a mi hijo o hija.

Solo necesitaba endurecer mi corazón que se empeñaba en leer más de lo que había en los besos de Zaid. O en sus caricias. O en la manera en la que me sostenía durante la noche cuando pensaba que yo estaba durmiendo.

Solo éramos socios.

Me tomó unos días, pero llegué a un acuerdo conmigo misma. Disfrutar de la vida sexual con mi marido, de los otros beneficios económicos. Vivir, eso tenía que hacer, vivir mi vida.

Y en el último día en Europa desperté feliz. Los orgasmos de la noche anterior tenían mucho que ver con mi felicidad. Feliz me preparé para volver a Nueva York. Estaba un poco preocupada por Storm, por su falta de respuesta a la noticia de mi boda, pero tenía esperanzas.

Era mi hermana, me amaba y deseaba mi felicidad.

Normalmente Zaid se iba por la mañana y volvía antes de la cena, pero hoy lo encontré en el salón de la suite desayunando.

—Buenos días —dije.

Mi saludo lo hizo levantar la mirada de su teléfono móvil, pero fue la alegría de mi voz la que lo hizo mirarme con el ceño fruncido.

—Estás muy contenta hoy —dijo.

—Obvio —respondí sentándome y llenado mi plato con frutas—. Hoy volvemos a Nueva York.

—Sobre eso. —Empezó Zaid y dejé caer el tenedor en mi plato. No sabía mucho sobre mi marido, pero conocía esa voz. La usaba para decirme cosas malas, bueno, no malas, solo cosas que no quería escuchar—. Cenaremos con mis padres el viernes, de hecho, llegaremos con el tiempo justo y tendremos que dejar la visita del ático para la siguiente semana.

Hubiera preferido ir a Nueva York. Storm no me había contactado y empezaba a preocuparme. Por un lado, estaba preocupada por ella y por otro agradecía tener unos días más hasta verla. Estaba segura de que iba a echarme la bronca por casarme sin ella y tenía toda la razón.

Hubiera preferido tener algo más de tiempo para prepararme para conocer a los padres de Zaid.

Suspirando miré a Zaid.

—Pero, puedo llamar a mi madre y cancelar. Entenderá si estás demasiado cansada después del viaje —sugirió él.

—No es eso. —Suspiré de nuevo—. Mentir no se me da muy bien y necesito tiempo para prepararme —confesé.

—Vas a mentir a mi familia —dijo Zaid.

—Bueno, sí, dijiste que ellos no deben saber la verdad sobre nuestro acuerdo y...

—Nuestro matrimonio —me interrumpió Zaid.

¿Qué diablos me había perdido? ¿Por qué Zaid se veía tan furioso? Fue él quien quiso hablar de la familia y de nosotros. No tenía razón alguna para enfadarse.

—Zaid, si ha cambiado algo en lo que decidimos antes de la boda necesito saberlo —dije.

—Nada ha cambiado, pero no tienes que mentir a mis padres, de hecho, no tienes que mentir a nadie. Solo necesitas cuidar lo que dices y no entrar en detalles.

Prefería mentir porque lo que él me estaba pidiendo era demasiado. Cuando me ponía nerviosa hablaba sin parar y esa era una de las razones por las que pasé los últimos años encerrada en casa de la abuela.

Encerrada no, pero aislada sí.

—Ok, cuidaré mis palabras —murmuré.

—Hay algo para ti sobre la mesa de café —dijo Zaid.

Un regalo. Eso pensé y sonreí, pero Zaid bajó la mirada a su teléfono. Aun así, me levanté y fui a coger las dos cajas. Al volver a la mesa del desayuno abrí la primera caja que contenía un teléfono móvil. En la segunda encontré un reloj igual al que había comprado en Barcelona.

Escuché a Zaid levantarse y lo miré. Rodeó la mesa, cogió el reloj de la caja y se arrodilló enfrente de mí.

—Este reloj lleva un dispositivo de rastreo, un equipo de

seguridad sabrá donde estás en cualquier momento —explicó Zaid—. ¿Ves este botón? —Asentí y Zaid continuó—. Es un botón de pánico. Lo tocas y una alarma avisará al equipo de seguridad. En menos de un minuto alguien estará contigo para ayudarte. ¿Entiendes?

Puse los ojos en blanco, pero él no me vio. También quise decirle que no era tan tonta como para no entender un par de explicaciones básicas.

—Sí.

—Sky, por ayuda quiero decir si alguien se acerca demasiado, si quieren tomarte una foto sin tu consentimiento, si tienes una sensación rara, si sales sin tu maldito móvil y te pierdes por las calles de una ciudad. Tocas. Este. Botón —gruñó él.

Lo sabía.

Yo pensaba que ni se había dado cuenta de que no estaba en la suite, pero ¿por qué no dijo nada?

Miré su mandíbula cuadrada recién afeitada y quise acariciar su piel. Necesitaba tocarlo, sentir su calor. Necesitaba sentir que no era solo un cuerpo al que usar cuando lo necesitaba.

Levanté la mano, pero Zaid aprovechó el movimiento para quitarme mi reloj y reemplazarlo con el otro. Era igual que el mío, pero se sentía diferente, casi como unas esposas.

—Es resistente al agua así que no hace falta quitártelo para ducharte —dijo Zaid.

Era para mi protección. Por un momento había olvidado que Zaid era un hombre rico y era normal que tuviera guardaespaldas a pesar de que nunca había visto ninguno cerca de él.

Zaid se fue después de coger su maletín y murmuró un adiós. Yo ni me molesté en contestarle. Pasé el día en la terraza de la suite, admirando las vistas, tomando café y pastas y pensando en la cena con los suegros.

Podía contar con los dedos de una mano las personas con las que mantenía una relación de amistad. Estaba Storm que me conocía mejor que nadie, la abuela que ya no estaba, Piper que era la amiga de mi hermana, pero en los pocos días que pasé en casa de Storm había conseguido conocerla y podía decir que me gustaba.

Yo también le gustaba a ella.

La idea de mantener una relación era algo que durante mucho tiempo me fue prohibido. Imposible. Estaba mi incapacidad de mentir, de mantener la boca cerrada, de guardar un secreto.

Aunque, lo había hecho bien desde que había viajado a Nueva York y con Zaid llevaba semanas y no le había contado todos mis secretos. Tal vez me estaba preocupando por nada, total, ya no era una niña.

Era una mujer. Casada. Una adulta en toda regla.

Podía e iba a mantener una relación cordial con la familia de mi marido. Solo tenía que prestar atención y no hablar de nuestro matrimonio, de mi familia.

Ya, soñar era gratis.

Por la tarde, cuando volvió Zaid estaba temblando después de tanto café y con unas nauseas increíbles después de probar todas las pastas posibles e imposibles. Lo único que me faltaba era entrar en un coma producido por el azúcar.

—¿Estás bien, Sky? —me preguntó Zaid viendo cómo me tambaleaba hacia la puerta.

Asentí. Fue un error. El contenido de mi estómago subió por mi garganta y eché a correr al cuarto de baño. Después de vaciar mi estómago cepillé mis dientes, me lavé la cara y volví al salón.

No obstante, al abrir la puerta del baño encontré a Zaid apoyado contra la pared.

—Vamos —susurró cogiendo mi brazo y caminando hacia el dormitorio.

—Zaid, el avión —espeté.

—No estás bien para viajar.

—¡Que sí! —exclamé.

Me zafé de sus manos y la suerte no estaba de mi lado. O sí. Me caí en la cama.

—Es una sobredosis de azúcar. Y de café —reconocí—. Suelo comer cuando estoy nerviosa.

—¿Y por qué estás nerviosa, Sky? —preguntó Zaid.

Lo miré y me pregunté si me había equivocado. Él parecía un hombre inteligente.

—Voy a conocer a tus padres. ¿Te parece poco?

—Conociste a mi hermana y si no recuerdo mal, creo que habéis tardado minutos en ser amigas —dijo él.

Había olvidado a Aya.

Me gustaba Aya. Era divertida.

Zaid se sentó a mi lado en la cama y cogió mi mano.

—Mi madre es igual. Es cariñosa, amable. Ella es la presidenta de varias organizaciones benéficas y se pasa el día ayudando a las personas necesitadas. Y mi padre, bueno, es como yo.

—Lo habías conseguido con tu madre, Zaid, pero decirme que tu padre es igual, no, Dios, no puedo con dos como tú —suspiré.

Zaid se echó a reír.

—Voy a pedirte una infusión —dijo y se puso de pie.

—No. —Agarré su mano y lo detuve—. Quiero volver a

casa.

Zaid asintió y poco después un coche nos llevaba al aeropuerto. En mi mano se encontraba una taza con una infusión de hierbas que el chef del hotel había preparado especialmente para mí.

Y me perdí.

Me perdí en la intensidad de los ojos de Zaid cuando me preguntaba cómo me sentía, en el cuidado con el cual me ayudó a bajar del coche, a subir al avión y sentarme. Hasta me abrochó el cinturón y me cubrió con una manta.

Me perdí en el cariño que me demostró.

Y supe que estaba condenada. Enamorada, no totalmente, pero no iba a tardar mucho en entregarle mi corazón a Zaid, al hombre que un día me cuidaba y otro me trataba con indiferencia.

Descansé durante el vuelo, tomé un sinnúmero de infusiones y cuando aterrizamos me sentía mejor. Zaid seguía pendiente de mí, muy pendiente.

—Tenemos tiempo para pasar por casa si quieres ducharte y cambiar de ropa —me dijo.

Miré mi vestido arrugado y asentí.

No tardamos mucho en llegar a lo que Zaid llamaba casa. Me esperaba ver una mansión de lujo y lo que encontré fue una casa de dos plantas. Era bonita y normal, podría ser la casa de cualquier persona, bueno, si ignorabas el muro que la rodeaba y la puerta de hierro de la entrada. Y los perros. Y los guardias de seguridad.

Pero sin eso era una casa normal.

El interior, al que solo le eché un vistazo, también era normal. Nada de lujos, solo comodidad. Era un hogar. Mientras buscaba en las mil maletas que alguien había subido al vestidor, un vestido adecuado para conocer a mis suegros no pude evitar sonreír.

Podría vivir aquí. Podría ser feliz aquí.

Sonreía cuando le dije a Zaid que estaba preparada. Continué sonriendo mientras lo miraba conducir un todoterreno.

Capítulo 12

Sky

La alegría duró hasta que estacionó frente a la casa de sus padres. Entonces los nervios volvieron a acapararme.

—Tal vez —susurré antes de que Zaid tuviera la oportunidad de bajar del coche—. Tal vez deberíamos volver, no me siento bien.

—Sky, es solo cena y mis padres no son ogros. Todo estará bien, confía en mí.

Respiré profundamente mientras Zaid bajaba del coche, lo rodeaba y me ayudaba a bajar. Cuando nos encaminamos hacia la puerta puse mi mano en la suya y él la apretó como asegurándome de la veracidad de sus palabras.

Todo estará bien.

Nos abrieron la puerta, nos invitaron dentro y Zaid me presentó a sus padres. A primera vista no parecían ogros.

Mia era una mujer guapa, con una sonrisa preciosa y unos ojos aún más preciosos. No sabía cuántos años tenía, pero sabía que Zaid tenía treinta así que ella no podía tener menos de cincuenta y cinco o sesenta. Había arrugas en su rostro, pero le hacían verse bien como diciendo cada-arruga-es-una-sonrisa.

Quería envejecer como ella y quería que Zaid lo hiciera como su padre.

Cuando dijo que su padre era igual no mentía. La misma altura, el cabello, los ojos. Me quedé boquiabierta cuando lo vi.

—Es extraño, ¿verdad? —dijo Mia mirándome —. Parece como si yo no hubiera tenido nada que ver con él cuando fui yo la que lo llevó en el vientre nueve meses, la que tuvo que parirlo y arrullarlo cuando tenía cólicos.

—Mia —gruñó el padre de Zaid.

—¿Qué, Zein? ¿Quieres decirme que no tengo razón? —espetó ella.

—No, no, ¿cómo podría atreverme a decir eso? Pero, han pasado treinta años, tal vez deberías acostumbrarte a la idea de que nuestro hijo se me parece. ¿Me ves a mi enfadado porque Aya es una clon tuyo?

Miré a uno, luego a otro y al final giré la cabeza hacia Zaid.

—Te lo dije —susurró él, luego miró a sus padres—. Nosotros estaremos en la cocina. Cenando.

Mia lo miró y si mi mano no estuviera en la de Zaid hubiera echado a correr. ¡Jesús! Esa mirada era aterradora, pero mi marido no le temía a nada. Ni siquiera a su madre.

—Tengo hambre, madre, y Sky no se siente bien. Queremos cenar y luego ir a casa para descansar si te parece bien.

Escuché al padre de Zaid, Zein, reírse y cuando lo miré me guiñó el ojo.

Pasamos al salón mientras Zaid iba a buscar a su hermana que según las palabras de Mia podía quedarse en su taller de pintura día y noche. Tomé asiento en el sofá, acepté un vaso de agua de mi suegro y dije que sí cuando Mia me preguntó si quería ver fotos de Zaid.

Dije que sí, pero quería decir: ¡diablos, sí!

Miré las fotos de mi marido desde que era un recién nacido hasta ahora. Con ropa y sin ropa. Haciendo travesuras y ganando premios. Sonriendo. Zaid sonreía mucho. Jugaba al fútbol con los niños que Mia me contó que eran primos y sobrinos.

Lo que faltaban eran las fotos de las novias. Ni una sola

foto había, ni siquiera del baile de graduación.

—¿Y las novias? —pregunté.

—No. Nada —suspiró Mia—. ¿Puedes creerlo? Este chico no me ha traído a conocer a ninguna chica. Ninguna. Nunca.

—Será que no había encontrado la chica perfecta —dijo Zaid.

Aya que iba detrás de él puso los ojos en blanco. Ella vino directamente hacia mí y me abrazó.

—Bienvenida a la familia, Sky —dijo ella sonriendo.

Aya me miraba feliz. Bueno, no podía decir que su madre no se veía feliz. O su padre, pero la felicidad de Aya era extraña y no era la única que lo pensaba.

—Olvídalo, Aya —gruñó Zaid.

—¿Qué? —espetó ella, poniendo cara de niña buena.

—No vas a pintar a Sky.

—Creo que eso no es tu decisión, hermano, es de mi cuñada, ¿verdad, Sky? —Aya me miró.

Estaba atrapada. Aya me estaba mirando, la esperanza brillando en sus ojos y mi marido también me estaba mirando y no había duda alguna sobre lo que él quería que hiciera. Sin embargo, le hice una promesa a Aya antes de casarme con Zaid y tenía la intención de mantenerla.

—Dije que sí, Aya, así que dime dónde y cuándo —dije.

—Olvidaste cómo —gruñó Zaid.

—No, no, hermano mío, no voy a pintar un desnudo de tu esposa —dijo Aya—. Todavía no.

Me atraganté con el agua y Mia me dio un par de golpes en la espalda.

—¡Oh, Jesús! —exclamó Mia.

—¿Por qué no vamos a cenar? —sugirió Zein.

En un segundo Zaid estaba a mi lado ofreciéndome su mano. La cogí y me levanté del sofá. Y lo hice sonriendo.

Todo iba a salir bien.

Me había preocupado por nada. La familia de Zaid era encantadora. Ahora era mi familia. Cenamos y me lo pasé muy bien hasta que Mia preguntó cómo nos habíamos conocido.

—Ah, Sky trabaja para Zaid —respondió Aya.

—Trabajaba —rectificó Zaid.

Siguió un momento de silencio incómodo y de miradas que no sabía que significaban. Obvio que me puse nerviosa y hablé.

—Pero no nos conocimos allí —dije rápidamente—. Nos encontramos en la carretera cuando Zaid paró y se ofreció a ayudarme a cambiar mi rueda.

—Y dijiste que no, gracias —añadió él.

Sonreía, como si el recuerdo le hiciera gracia.

—Claro que lo hice, la abuela me dijo que un día conocería un hombre alto, guapo, moreno de ojos morados y que debería correr como alma que lleva el diablo. Siempre fui una chica obediente, pero lo que la abuela no me contó fue que la tentación aparecería una y otra vez en mi camino.

Sonreí recordando el día en el que la abuela me contó sobre ese hombre que iba a robarme el corazón. Storm se había echado a reír, pero luego la abuela le dijo lo mismo. Un hombre alto, moreno y guapo iba a romperle el corazón. Las dos reímos porque nuestras cabezas de niñas de diez años no entendían como era posible conocer a dos hombres iguales. Dos hombres que harían daño a las dos hermanas.

Parecía imposible en ese momento, pero ahora ya no. Había conocido a Zaid y Storm a su primo. Estábamos condenadas a sufrir si la abuela tenía razón porque también existía la posibilidad de que no la tuviera.

—¿Tu abuela es bruja? —quiso saber Aya.

—No lo era, no. Sabía cosas que no debería saber, pero creo que era porque tenía un don para hacer hablar a las personas. Te invitaba a tomar el café y en media hora le estabas contando tus secretos —conté.

—¿Y has heredado el don de tu abuela? —preguntó Mia.

—¡Dios, no! —Reí.

—Menos mal —murmuró Aya —. Me gustan mis secretos secretos.

—¿Y qué secretos tienes tú, señorita? —preguntó Zein.

Me reí suavemente viendo a Aya moverse inquieta en su silla, buscando una buena respuesta, pero tenía la impresión de que no la iba a encontrar.

—Mejor que no sea un hombre o tú y yo vamos a tener problemas —gruñó Zein.

—Oh, vamos, papá. Zaid acaba de casarse, ¿y yo no puedo tener novio? —se quejó Aya.

La conversación se fue calentando cuando Mia preguntó a Zein por qué Aya no podía tener novio. Y es ahí cuando normalmente echaba a correr, las discusiones, los gritos, hasta las malas miradas me producían pánico y buscaba un lugar donde esconderme.

Pero hoy no. Había tensión en la conversación, pero no del tipo voy-a-encerrarte-en-tu-habitación. Se veía que Zein estaba preocupado y que solo quería cuidar a su hija.

Zaid estaba pendiente de la conversación, pero sin intervenir. Me pregunté si nuestra hija, si algún día tuviéramos una, también llegaría a la edad de Aya sin tener novio.

—Zaid, ¿no tienes nada que decir? —pregunté.

Él sacudió la cabeza, pero Aya había escuchado mi pregunta y nos estaba mirando.

—Hombres, ¿por qué no me sorprende? —espetó ella —. Sky, si algún día quieres liberarte de mi hermano quiero que sepas que solo tienes que decirme una palabra.

—Ok, y es la hora de marcharnos —gruñó Zaid.

Se puso de pie y extendió la mano hacia mí. Aya puso los ojos en blanco cuando la tomé. Nos marchamos de casa de mis suegros y sonreí durante el corto camino hasta la casa de Zaid. Mi casa.

—Me gustan tus padres, Aya también —dije.

Zaid sonrió.

—Te lo dije.

Me lo había dicho, sí, pero no lo había creído. Tal vez debería empezar a confiar en mi marido.

Llegamos a casa y fuimos directamente al dormitorio. Me gustaba, era elegante, simple y un poco masculino. No había un tocador, pero tenía suficiente con el del cuarto de baño.

Alguien había desempacado mis maletas y toda mi ropa nueva estaba guardada en los armarios del vestidor. Después de buscar en varios cajones encontré un camisón y me lo llevé al cuarto de baño. Después de una ducha corta salía y me tumbaba en la cama.

Zaid no estaba y no tenía fuerzas para ir a buscarlo.

Me quedé dormida en un instante y ni siquiera me moví cuando Zaid se metió en la cama. Ni cuando me cubrió con las sábanas. Ni cuando me besó en la mejilla. Ni cuando me abrazó.

Eran las nueve cuando desperté. Nunca había dormido tanto en mi vida y cuando miré la hora pensé que algo estaba mal con el reloj. Pero no, después de ducharme bajé a la cocina y de camino vi otros dos que mostraban la misma hora.

Encontré la cocina y al mismo tiempo me di cuenta de que la casa no era tan pequeña como se veía desde fuera. Aunque no sabía por qué me sorprendía, el dormitorio de Zaid era enorme, con su vestidor y su cuarto de baño con bañera y ducha en la que cabían cinco personas.

Bajando las escaleras llegabas justo al salón y de ahí podrías coger un de los dos pasillos, uno hacia la cocina que fue el que elegí yo y otro donde se podían ver un par de puertas cerradas.

La cocina me gustó mucho, me encantaba cocinar y ya estaba haciendo planes para invitar a los padres de Zaid a comer. Me habían caído muy bien y quería agradecerles de alguna manera su bienvenida a la familia.

Mientras se hacía el café eché un vistazo al frigorífico y saqué lo necesario para prepararme el desayuno. Lo preparé, lo comí, recogí la cocina y fui a comprobar si de hecho estaba sola en casa.

Porque había pasado más de media hora en la cocina y nadie había aparecido. Ni Zaid ni la persona que había guardado mi ropa en el vestidor. Verifiqué todas las habitaciones de la casa y al no encontrar a nadie volví al dormitorio.

Cogí el teléfono y llamé a mi hermana. No me contestó, de hecho, me rechazó la llamada. Lo intenté una y otra vez.

—Oh, Storm, no seas así —espeté tirando el teléfono en la cama.

—¿Problemas?

Grité de susto y me di la vuelta en un instante.

—Lo siento, no quise asustarte —dijo Zaid, un Zaid que iba en pantalones cortos y nada más.

Sostenía en la mano una camiseta mojada y no sé cómo es que pude fijarme en algo que no fuera su torso desnudo. Que sí, que llevábamos casi un mes de casados, pero todavía no me había acostumbrado a ver el cuerpo desnudo o semidesnudo de mi marido.

—Pensaba que estaba sola —murmuré.

—No quise despertarte cuando salí a correr —explicó él.

—He desayunado sin ti.

—Está bien, de todos modos, habrá comida de sobra en casa de los abuelos —dijo Zaid caminando hacia el cuarto de baño.

—¿Perdona?

Se paró antes de entrar y se dio la vuelta.

—Es sábado —dijo.

Lo miré con el ceño fruncido.

—Es una tradición familiar, nos reunimos cada sábado para comer y esta semana les toca a mis abuelos —explicó él.

Y pensando que eso era suficiente entró en el cuarto de baño y cerró la puerta. Sus palabras se repetían en mi cabeza. Tradición familiar. Reunión. Comida. Abuelos.

Anoche estuve nerviosa antes de conocer a sus padres y todo salió bien, pero no era tan ingenua como para pensar que todos sus familiares fueran tan agradables. Me di la vuelta y caminé hasta el vestidor.

Primero debía cambiarme, no podía irme en vaqueros y camiseta blanca a conocer a toda su familia.

¡Maldita sea mi suerte!

La moda no era lo mío, de pequeña me vestía con lo que me compraba mi madre, luego con lo que me cosía la abuela. Solía comprar prendas básicas, pero gracias a mi hermana sabía qué ponerme y que no. Naomi también había dejado algunos trucos mientras comprábamos.

Así que me puse guapa, el vestido me quedaba bien, el

maquillaje sencillo estuvo listo en un par de minutos y ni había empezado a arreglarme el cabello cuando Zaid entró en el vestidor. Me encontró de pie, enfrente del espejo mirando mi cabello.

—Tengo algunas tijeras en el cajón de la izquierda —dijo.

—¿Podrías recordarme si había algo en ese contrato prenupcial sobre asesinato? No sé si recibiré algo si te quito la vida.

Zaid se echó a reír y se paró detrás de mí. Recogió mi cabello en sus manos y me besó en el cuello. Mi mirada no se suavizó ni un ápice. Ya sabía que mi cabello tenía un color algo extraño y que sin mil cuidados parecía perfecto para barrer el suelo, pero hay cosas que no se les dicen a las mujeres.

Pensarías que Zaid siendo tan guapo e inteligente ya lo sabría.

—Era una broma —se disculpó él, pero no caí—. Lo siento, tu cabello es precioso, es tan suave y su olor me obsesiona.

No sé si fueron las palabras o las caricias de sus dedos sobre mi cuello, pero lo perdoné y lo dejé presionarme contra su cuerpo. Pero cuando su mano se deslizó abajo, hacia mi cintura y luego más abajo sacudí la cabeza.

—¿No, Sky? —gruñó él dejando un camino de besos desde mi cuello, pasando por mi oreja y terminando a un centímetro de mi boca.

—Me vas a arrugar el vestido —le dije.

—No pasa nada, irá perfectamente con tu cabello me-acaban-de-follar.

Abrí la boca por la impresión porque era la primera vez que Zaid me hablaba de esa manera y él aprovechó para besarme. Con su lengua en mi boca y con sus manos deslizándose bajo mi falda se me olvidó lo que quería decir.

—Pon las manos sobre la cómoda —susurró él.

Hice lo que me pedía y jadeé cuando puso las manos en mi cintura para acomodarme como él quería, con el trasero en lo alto. Y mi marido me folló en el vestidor, a plena luz del día, mientras nuestras miradas se encontraban en el espejo.

Cuando nos marchamos a la casa de sus abuelos mi vestido estaba solo un poco arrugado y el cabello lo había recogido en una coleta.

—Está en tu cara —dijo Zaid encendiendo el coche.

—¿Qué? —pregunté bajando el espejo para comprobar mi cara. Mi maquillaje estaba perfecto.

—La prueba de que te acaban de follar.

Lo miré porque no tenía ni idea de quién era el hombre que me estaba hablando. Tal vez era el aire aquí en la montaña o había comido algo extraño, pero lo que tenía claro era que mi marido era diferente.

Diferente no en el mal sentido, solo diferente y yo era una persona que amaba la rutina y odiaba las sorpresas.

Ignoré sus palabras ya que me parecía la mejor opción. Él se rio. De nuevo. Respiré profundamente e intenté calmarme, necesitaba estar tranquila para lo que me esperaba.

Llegamos y como anoche antes de bajar del coche me puse nerviosa.

—Confía en mi —dijo Zaid y lo miré, no había apagado el motor del coche y me estaba mirando intensamente.

—Ya. Todo estará bien —murmuré.

—No, eso te lo he dicho anoche porque sabía que te estabas preocupando por nada, pero hoy no te puedo pedir que confíes en mí. Ahí dentro está toda mi familia. Hay tíos y tías, primos, personas que no son familiares de sangre, pero que son parte de nuestra familia. Y no quiero mentirte, Sky, es una locura. Nadie te faltará al respeto, nadie te tratará mal, pero será difícil. Tendrán preguntas, muchas.

—¿Entonces crees que deberíamos escapar mientras podamos? —pregunté.

—Si eso es lo que tú deseas, sí.

—Mientras no sean ogros creo que podré sobrevivir —dije.

Zaid me dio un beso en los labios, luego apagó el motor y bajó.

—Tú puedes, Sky —murmuré para mí misma antes de bajar del coche.

Entramos y no fue tan mal como pensaba. Fue peor. Y no es que la familia de Zaid no fuera amable, lo eran. Todos muy agradables, pero eran muchos. Tantos que después de unos diez minutos y de conocer a solo un cuarto de los familiares de Zaid me estaba arrepintiendo de no haber aceptado la propuesta de él.

Su abuelo sonrió cuando me conoció, su abuela me miró como si fuera un milagro y me abrazó. He conocido a su tía, la famosa doctora que descubrió la cura para el cáncer. A sus primos y a sus parejas.

Todos nos felicitaron por la boda después de la sorpresa inicial y el que más se sorprendió fue su primo Z.

—¿Esposa? —gruñó Z—. Te mueves rápido, primo.

—El destino, primo —dijo Zaid.

Resoplé, no pude abstenerme. El destino no tenía nada que ver con nuestra boda y me parecía gracioso escuchar a Zaid decirlo. Además, él mismo dijo que no hacía falta mentir.

Entonces, ¿por qué lo hacía?

Luego llegó Aya y me llevó con ella a conocer al resto de la familia. Sonreí, acepté las felicitaciones y bebí un té helado. Pasó el tiempo, no sé cuánto tiempo, pero me di cuenta de que no estaba tan mal.

Nadie se enfadaba o me miraba mal si no recordaba su nombre. O si no quería contestar las mil preguntas que tenían sobre cómo conocí a Zaid, cómo me propuso matrimonio o cómo fue la boda.

Y me lo estaba pasando bien, hablando con Avy, la prima de Zaid y Aya en la terraza hasta que escuchamos una conversación en voz alta en el salón.

—Deberíamos entrar —dijo Aya que parecía un poco encantada con la idea de una discusión.

Yo no, pero la seguí al interior de la casa donde ni siquiera llegué bien y reconocí una de las voces. Me di prisa, pero era demasiado tarde. Mi hermana acababa de abofetear a Z. Todos los familiares de Zaid estaban ahí.

Algunos miraban curiosos, otros sonrientes, pero ninguno expresaba sorpresa. Yo sí estaba sorprendida de ver en la mejilla de Z aparecer la marca de la mano de Storm. Ella era alta, pero pequeña al lado de él.

¿Qué mierda le hizo él? Porque era obvio que le había hecho algo si ella se atrevía a abofetearlo en casa de sus abuelos.

—¡Storm! —exclamé cuando ella dio otro paso hacia él.

Ella se quedó quieta y me miró como si estuviera viendo un fantasma. Luego miró a Zaid y su mirada se endureció.

—¿Qué ha pasado, Storm? —pregunté avanzando hacia ella.

—Él dijo que iba a traer a Lily, que la iba a sacar de ahí y han pasado semanas. ¡Semanas! —gritó Storm.

Mi hermana no gritaba. Nunca. Ella era tranquila, por lo menos eso era lo que mostraba a los demás. Sin embargo, había golpeado a un hombre y ahora le estaba gritando. No es que no fuera capaz de defenderse o algo así, pero Z era grande y daba miedo.

A mí me daba miedo.

Z avanzó hacia mi hermana y ella en lugar de retroceder lo miró desafiante.

—Es algo complicado —dijo él—. Pero prometí que lo haría y lo haré. Solo tienes que tener un poco de paciencia.

—¿Paciencia? —gritó de nuevo Storm.

Suspiré. Esto se nos estaba yendo de las manos. Storm estaba obsesionada con nuestra hermanastra, con su seguridad y no tenía sentido. Mi madre era una perra sin corazón, pero Lily estaba a salvo con ella.

—Storm, mírame —le pedí y ella apartó solo por un segundo la mirada de Z, pero sabía que tenía su atención—. Lily está bien, ¿ok? Cálmate y vamos a hablar.

Ella se echó a reír. Su risa histérica me hizo preguntarme sobre la salud mental de mi hermana. Y su salud física. Ella iba como siempre, arreglada, con su ropa en orden, maquillada. Todo estaba bien excepto las ojeras debajo de sus ojos y su mirada atormentada.

Había visto antes esa mirada. ¿Cuándo la he visto?

—Bien dices —dijo Storm entre risas—. ¿Bien cómo tú, Sky? ¿Bien cómo yo?

Tardé un instante en entender sus palabras y cuando lo hice me fue imposible respirar. El mundo empezó a girar y si dos brazos fuertes no me hubieran atrapado hubiera caído al suelo como un saco de patatas.

No.

Mi hermana no.

Zaid susurró algo en mi oído, pero no lo entendí. En mi cabeza solo había lugar para lo que acababa de decir mi hermana. Algo impensable. Algo horrible.

La miré y todo empezó a cobrar sentido.

—No lo sabía —murmuré.

—Nunca lo supiste, Sky. Siempre tan ingenua a pesar de las mil veces en las que te lo dije. Presta atención, Sky, por mí,

¿vale? ¿Recuerdas cuándo te lo decía? Cierra la puerta. Echa el maldito pestillo. Pero no, tú le prestabas más atención a tus libros, siempre ibas con la cabeza en las nubes pensando en tus malditos cuentos. Y ¿recuerdas a dónde nos llevó eso, Sky?

—Cállate, Storm, cállate —supliqué.

Los brazos de Zaid a mi alrededor se sentían como unas esposas y di unos pasos a la izquierda alejándome de él. Necesitaba espacio, aire, pero todo era demasiado para mí y mi cuerpo se negaba a colaborar.

Mis piernas temblorosas me obligaron a tomar asiento. Solo quería sentarme y acabé sentada en el suelo, en un peldaño que separaba la zona de estar del salón de la zona del comedor.

Arreglé la falda del vestido sobre mis rodillas y fue entonces cuando vi que mis manos también temblaban. Miré de nuevo a mi hermana, pero ella ya no me estaba prestando atención.

—Mira, solo quiero a Lily —le dijo a Z—. Ella me necesita.

—Dije que lo haría, Storm, pero entiende que este proceso está tomando su tiempo. Según nuestras informaciones no hay razón alguna para quitarle la custodia de la niña a sus padres. Nuestro informe dice que la niña está siendo criada en una familia cariñosa y...

—¿Cariñosa? ¿Me estás jodiendo? —le gritó Storm a Z—. Tengo que protegerla de esa familia cariñosa igual que tuve que proteger a Sky. Lily solo me tiene a mí. Sky me tuvo a mí. Yo no tuve a nadie. —La voz de Storm se rompió y no pude aguantar más.

Las lágrimas se deslizaron sobre mis mejillas y tuve que cubrir mi boca con las manos para no dejar salir los gritos de dolor, del horror que sentía.

¿Por qué tuvo que pasarle eso a Storm?

No sabía con seguridad lo que le había pasado, pero no

hacía falta saber todos los detalles.

—Storm —intentó hablar Z, pero mi hermana no lo dejó continuar.

—Quiero a mi hermana. Lo has prometido —insistió Storm.

—Y vamos a cumplir esa promesa —dijo una mujer cuyo nombre no recordaba, pero que tenía una mirada que me heló la sangre. Ella miró Z—. ¿Quién se está encargando del asunto? —preguntó.

—Yo, mamá —contestó una chica joven, de cabello castaño y ojos que me recordaban al café con leche.

No había parecido alguno con la otra mujer, excepto tal vez en la actitud fría y decidida.

—Ava, Ivy se está encargando. No necesitamos tu intervención —dijo Z.

—Ya veo cómo se está encargando —espetó la mujer mirando a su hija.

—Estoy en ello, ¿ok, mamá? Pero hay complicaciones, la familia se mudó a una casa que heredaron y al hacer unos trabajos en la propiedad encontraron un cadáver.

¡Mierda!

¡Mierda!

Miré a mi hermana que lentamente se giró hacia mí.

¡Mierda!

Iba a hablar.

Le imploré con la mirada, pero no entendió mi mensaje desesperado.

—Sky —murmuró ella.

—¡Cállate, Storm! —espeté, pero mi hermana ya no pensaba claramente.

—Si lo han encontrado no puedo proteger a Lily —continuó ella.

Me puse de pie de un salto y me apresuré a su lado. Puse las manos sobre sus hombros y la sacudí.

—No digas una palabra más, Storm, por Dios, ni una palabra más —le imploré.

Capítulo 13

Sky

Storm había heredado los ojos de nuestra madre, negros como la noche, pero nunca los vi como hoy. Asustados. Había mucho miedo en su expresión y era justo lo que me temía. Pero estaba preparada.

Giré la cabeza, buscando a mi marido, y lo encontré a pocos pasos detrás de mí. Su rostro no expresaba nada, pero nada de nada. Ni preocupación, ni irritación, ni enfado. Era extraño, pero tenía algo más importante de hacer que preocuparme por lo que pensaba mi marido.

—Me lo has prometido —le dije a Zaid.

—¿Cómo? —Él me miró impasible.

—Ese fue el acuerdo. Tu protección, tienes que protegerme. Tienes que proteger a mi hermana. Lo has prometido y yo he cumplido con mi parte.

Estaba implorando, a pocos momentos de dejarme llevar por el llanto y la desesperación.

—¿Y qué es de lo que tengo que protegerte, Sky? —preguntó Zaid avanzando hacia mí—. Si no lo he entendido mal tu hermana ya te ha protegido —dijo él.

¿Entender?

Yo no había dicho nada. No he pronunciado ni una palabra y lo que había dicho mi hermana podría ser interpretado de mil maneras.

¡Oh, mierda!

Nuestro matrimonio de conveniencia se acababa de ir a la mierda. Zaid quería una esposa adecuada, una madre perfecta para sus hijos y acababa de averiguar que yo no era ni la una ni la otra.

Pero era mi única oportunidad, la única de mi hermana. Sin el dinero de Zaid, sin su influencia Storm iba a podrirse en la cárcel. Yo no, yo solo envejecería ahí.

—Ya he tenido suficiente de esto —dijo un hombre.

Recordaba su nombre, era Vladimir, un primo/tío de Zaid. Un hombre al que el cabello gris en las sienes le sentaba muy bien y cuyos ojos azules eran tan fríos como los inviernos de Minnesota.

Nunca había ido, pero la abuela vivió unos años ahí y me lo contó. Y si no conseguía arreglar este lío nunca iba a visitarlo.

—Vladimir, no —gruñó Zaid.

—Sí —le respondió él mirando a mi hermana—. Necesito un nombre.

Todavía tenía las manos sobre los hombros de Storm y la sentí temblar. Tenía miedo. Bueno, yo también, pero ella ya me había salvado una vez más. Ahora era mi turno.

Di un paso adelante.

—Bruce Keller —dije.

Tengo que reconocer que mi voz no tembló y tampoco retrocedí de miedo ante ese hombre que parecía que estaba a punto de cometer un asesinato.

—Bruce Keller es el cadáver —anunció Ivy, la chica joven de antes.

Vladimir me miró y sus ojos se suavizaron. Wow, parecía imposible, pero era verdad. Su expresión cambió de un instante a otro.

—Ok, Sky, voy a ayudarte, pero el nombre que necesito me lo tiene que decir tu hermana —dijo Vladimir.

—No —gruñó Zaid—. No necesitas nada de ellas, hay otras maneras de obtener la información así que hazlo y déjalas en paz.

—Ok, pero que sepas que ayuda hablar de ello y decidir el destino de los que te hicieron daño —declaró Vladimir mirando a mi hermana —. Voy a averiguar quién fue, qué te hizo y luego lo haré pagar.

Mi hermana palideció.

—¡Jesús, Vladimir! —exclamó Z—. Solo haz lo que tienes que hacer, Storm no necesita saberlo.

—¿Cómo lo harás pagar? —preguntó mi hermana, su voz tan suave que pensaba que era la única que la había escuchado.

—No quieres saberlo —murmuró Ivy.

—Sí, quiero —dijo Storm.

Vladimir se acercó a nosotras y sin apartar la mirada de mi hermana le dijo lo que pretendía hacer.

Escuché. Mi corazón acelerado. Mi mente intentando descifrar lo que estaba pasando. Esto no podía estar pasando. Escuché y miré sobre el hombro de Vladimir. Encontré la mirada de Ava y ella asintió.

En ese momento todo el contenido de mi estómago subió hasta mi boca.

—¡Joder, Vladimir! —gruñó Zaid.

Me cogió en sus brazos y echó a correr mientras yo presionaba mis manos en mi boca. Aguanté, pero no lo suficiente. Cuando Zaid me puso de pie en un cuarto de baño eché todo el contenido de mi estómago en el lavabo.

Sentía tantas cosas. Vergüenza. Tanta vergüenza. Miedo. Desesperación.

Sentía demasiado, pero elegí la furia.

Abrí el grifo dejando que el agua que se llevara las pruebas de lo que había hecho en los últimos momentos. Enjuagué mi boca, luego me eché agua fría en la cara. Y mientras tanto sentía la mirada de Zaid sobre mí.

Estaba ahí, en silencio y quería apreciar su preocupación y cuidado, pero no podía. Lo miré en el espejo mientras secaba mi cara con una toalla blanca.

—Me has mentido —dije.

—¿Yo? No, Sky, nunca te he mentido.

—Dijiste que necesitabas una esposa de conveniencia, pero la verdad es que necesitabas una esposa porque sabías que nadie en su sano juicio se iba a casar contigo.

Eso dejó a Zaid sin palabras por un breve momento.

—¿Y cómo exactamente has llegado a esta conclusión?

—¿Cómo? —pregunté dándome la vuelta—. Uno de tus familiares le dijo a mi hermana que en menos de una hora iba a ir torturar a alguien. Lo dijo como si fuera lo más normal de mundo, como si fuera algo de lo que estar orgulloso.

—Lo que hace Vladimir no tiene nada que ver conmigo o contigo. Además, da igual, ¿verdad? Hicimos un acuerdo y voy a cumplir con mi parte. Te protegeré a ti y a tus hermanas, esa es la razón por la que aceptaste mi propuesta, ¿no, Sky?

—Sí, pero no pensaba que me estaba casando con un hombre cuya familia considera la tortura un pasatiempo —dije.

—Bueno, la verdad es que te has casado con un hombre que no conoces, pero ya es demasiado tarde para arrepentimientos.

Bueno.

No había nada de bueno en esta situación y deseé no haber despertado esta mañana. No haber escuchado ni las palabras de mi hermana ni las de Vladimir.

Tiré la toalla a una pequeña cesta y abrí la puerta del baño. Salí dejando a Zaid ahí dentro. Ahora mismo no quería hablar con él y si tuviera la posibilidad no volvería a verlo nunca más.

Encontré a mi hermana en el salón. Estaba sentada en el sofá, Z a pocos pasos de ella vigilándola como un halcón. Vladimir no estaba. La joven Ivy tampoco. Caminé hasta Storm y me senté a su lado.

En un instante colocó la cabeza sobre mi hombro. Era nuestro pequeño ritual cuando éramos pequeñas. Storm solía venir a mi habitación y sentarse a mi lado, luego ponía la cabeza sobre mi hombro y nos quedábamos en silencio.

Siempre había pensado que era su manera de calmarse después de los gritos de mamá. Al parecer estaba equivocada.

—No fue Bruce, fue Larry —susurró ella.

Larry maldito Keller. El hombre con el que se casó mi madre cuando mi padre no llevaba ni seis meses muerto y enterrado.

El amor no entiende de reglas ni de duelo. Llega cuando llega y la vida es corta, no hay que desaprovecharla.

¡Dios! Odiaba tanto esas palabras, tanto como odiaba la sonrisa de mi madre cuando las pronunciaba.

Mi primer recuerdo de él no era bueno. No recuerdo mi edad, pero no tenía más de dos años. Recuerdo estar en mi trona y tirar el vaso de leche y a Larry cogiéndome y sacándome fuera de casa.

Era de noche y llovía.

Era un hombre horrible, pero nunca me puso una mano encima.

—Tenía cinco años cuando empezó —continuó Storm.

No quería saberlo. ¡Por Dios! No quería escuchar el sufrimiento por el cual había pasado mi hermana. Era una niña.

Mis ojos se llenaron de lágrimas, pero justo enfrente sentada en otro sofá estaba Ava y ella sacudió ligeramente la cabeza y murmuró: —Mantente fuerte.

Ok.

Mi hermana fue suficientemente fuerte para sobrevivir yo podía ser fuerte para escucharla.

—Él me tocaba y... —Se le rompió la voz y no pudo continuar.

—No tienes por qué contármelo, Storm.

—Ella lo sabía, Sky. La hija de puta lo sabía y no dijo nada.

Vi rojo delante de mis ojos. La furia empezó a bullir en mi sangre y olvidando lo que le había dicho a Zaid en el cuarto de baño miré a Ava.

—¿Vladimir ha ido a castigar a Larry? —pregunté.

Ella asintió.

—No lo digas, es tu madre y algún día te arrepentirás —dijo Ava.

—¿Arrepentirme? —espeté—. Puedo olvidar las bofetadas, los insultos y los gritos, pero esto no. Una madre no aparta la mirada cuando hacen daño a un hijo. Una madre protege y lucha.

—Estás enfadada ahora mismo, ¿por qué no hablamos más tarde? —propuso Ava.

Asentí.

Luego me quedé sentada al lado de mi hermana mientras ella me susurraba el infierno que había vivido en casa de nuestra madre con el conocimiento de esa mujer que ya no era mi madre.

Era un monstruo.

Estuvimos ahí sentadas durante mucho tiempo. Todos se fueron, no sabía si de la casa o solo del salón, pero estábamos solas ahí. Solas con Z que apoyado contra la pared no le quitaba la mirada de encima a mi hermana.

Me sentía mal. No hacía más que asentir y murmurar cuando sentía que Storm esperaba una respuesta mía.

Fue Aya la que nos trajo algo de comer, colocó una bandeja sobre la mesita de café y se sentó en el sillón.

—Tenéis que comer algo —dijo.

—No tengo hambre —dijimos las dos al mismo tiempo y Storm se echó a reír.

—¿Recuerdas cuando la abuela nos imitaba? —preguntó mi hermana.

Asentí suspirando. La abuela hizo todo lo posible para ayudarnos después de esa noche y no tenía ningún problema en comportarse como una niña pequeña.

—Tenéis que comer —repitió Aya—. Ivy va a volver pronto con Lily y os necesita. Así que a comer y luego a arreglar el maquillaje si no quieren asustar a la pobre criatura.

—¡Oh, Dios! —exclamó Storm poniéndose de pie.

En un instante estaba fuera del salón y estaba segura de que se había encerrado en el cuarto de baño para limpiar el rímel que se le había corrido. Z también desapareció en un instante y no quería saber si había seguido el mismo camino que mi hermana.

—¿Estás bien? —me preguntó Aya.

—No.

—Zaid debería haberte contado sobre nuestra familia —dijo ella.

Se veía muy incómoda y me pregunté qué más había que saber sobre ellos, pero había tenido suficiente por hoy. Además, ya no importaba. Hice un acuerdo con Zaid y él o su familia acababa de cumplir su parte.

Protección, era lo que había deseado y lo he conseguido.

Fin de la historia.

—Todos tenemos nuestros esqueletos en los armarios, bueno, lo nuestro estaba en el jardín, pero ya me entiendes —dije.

Aya dejó escapar una risita y enseguida se cubrió la boca con la mano, pero luego yo me eché a reír y ya no pudimos parar.

—Veo que hice bien en traer mi maletín —dijo la tía de Zaid, Isabella—. ¿Un sedante? —me preguntó.

Sacudí la cabeza.

Al final, comí algo de la bandeja mientras esperaba a Storm. Aya se quedó a mi lado. Isabella también y pronto se nos unieron todas las tías y primas de Zaid. Empezaron a hablar sobre los hijos y me distrajeron por unos momentos.

Luego me di cuenta de que Lily iba a venir. Ella iba a ser nuestra responsabilidad. Lily, mi hermanastra de cinco años que era un pequeño monstruo cuando no conseguía lo que deseaba. Que gritaba si veía un trozo de verdura en su plato.

¡Mierda!

Storm no podía cuidarla. Alguien debería cuidar a Storm.

No había nadie, excepto yo.

Busqué a Storm, pero no había vuelto. Solo Dios sabía si estaba a salvo con Z, pero ahora mismo no podía preocuparme por eso. Busqué a Zaid y lo encontré en la terraza con su padre.

Zein me sonrió y luego se marchó. Su hijo se quedó sentado en la barandilla de la terraza, mirándome una vez más con esos ojos inexpresivos. No sabía cómo preguntar lo que tenía en la mente.

—¿Qué necesitas? —me preguntó Zaid.

¿Podía leer mi mente? Suspiré, que era lo que lleva ba todo el día haciendo. Suspirar. Vaya desastre de día.

—Ah, no es el mejor momento para Storm y sé que fue ella la que insistió en traer a Lily, pero después de hoy no creo que sea una buena idea. Me gustaría que se quedara conmigo. Con nosotros.

¡Hala! Lo he dicho y ahora llegaba la parte difícil. Escuchar su respuesta.

Zaid no me hizo esperar mucho.

—Ok —dijo.

No sabía por qué lo había dudado. Sus familiares se movilizaron en cuanto escucharon la historia de Storm, fueron a rescatar a Lily de esos monstruos que le habían dado la vida.

—Gracias —murmuré.

Zaid no dijo nada. Me puse nerviosa.

—Tú... ya sabes que puedes pedir el divorcio o si prefieres puedes anular —dije.

—¿Y por qué haría algo así? —preguntó.

—Porque no soy quien crees que soy. Porque te he usado.

—No, lo has dejado claro desde el primer momento que lo que deseabas era protección. He cumplido y ahora tienes que cumplir tú. Seguirás siendo mi esposa sin importar cuantos cadáveres encontramos en tu jardín o cuantos secretos guardas —declaró Zaid y se acercó a mí. Puso los dedos bajo mi barbilla e inclinó mi cabeza—. Seguirás siendo mi esposa sin importar cuantos secretos de mi familia descubras.

—Dudo mucho que haya algo peor que Vladimir —murmuré.

—¿Quieres apostar? —preguntó Zaid sonriendo.

Me quedé mirando fascinada su sonrisa.

Mi vida había sido extraña, infeliz a veces, aterradora otras veces y hoy fue un infierno. Pero no estuve sola. Zaid estuvo aquí para sostenerme. Su familia no dudó ni un solo segundo en ofrecer su ayuda y en ir a rescatar a Lily.

No estaba sola.

Y daba igual que mi matrimonio era un solo acuerdo. ¿Quién necesita amor cuando tiene todo esto? Protección sin pedir explicaciones, sin pedir nada a cambio. Bueno sí, tenía que pagar un precio, pero mis hermanas no.

Y de repente deseé agradecérselo y me incliné, me levanté y toqué su boca con la mía.

En el momento en que hice esto, su cabeza se inclinó y sus brazos se cerraron alrededor de mí, apretados, tirando de mí profundamente dentro de su cuerpo mientras su lengua invadía mi boca y mi toque de labios se convirtió en un verdadero, súper caliente beso.

Mis brazos se deslizaron alrededor de su cuello, uno de sus brazos estaba apretado alrededor de mi espalda, la otra mano se había deslizado hacia mi trasero. Luego esa misma mano se fue más abajo hacia el bajo de mi falda y justo cuando sus dedos se deslizaron sobre la piel desnuda de mi pierna escuché a alguien aclararse la garganta.

Mi cuerpo se sacudió, la cabeza de Zaid se levantó y giró hacia la puerta deslizando su mano fuera de mi vestido y subiendo hasta la parte baja de mi espalda, pero sus brazos no se movieron incluso cuando mis manos fueron a sus hombros y presioné.

Lentamente, mi cabeza giró y vi a su abuelo, una pequeña sonrisa jugando en sus labios, sus ojos en el suelo.

—Ivy llamó, están a dos minutos —dijo él.

—Gracias —murmuró Zaid.

Luego el abuelo entró en la casa y yo me quedé en los brazos de Zaid. Mi cuerpo pegado al suyo, la evidencia de lo que un beso le hacía al cuerpo de mi marido pegada a mi abdomen. Grande. Dura.

Su mano en mi espalda me presionó un poco más.

—Nada de lo que ha ocurrido hoy cambia nuestro acuerdo,

Sky —dijo Zaid.

—Ok.

—Ok, ahora vamos a conocer a tu hermana pequeña.

Hice una mueca mientras lo seguía al interior de la casa. Todos estaban en el salón, pero poco a poco se fueron y al final quedamos cinco. Zaid. Storm. Z. Isabella.

Ella era doctora y dijo que por si acaso. Por si acaso ¿qué? No quería más drama, así que no pregunté y recé para que mi hermana pequeña no tuviera otra de sus rabietas. No sabía si podía aguantar otra crisis sin perder la cabeza.

Llegó Lily y lo primero que vi fue la forma en que sostenía la mano de Ivy. La pequeña caminó mirando a cada persona de la habitación y se paró delante de mí. Le sonreí y me agaché a su altura.

—Hola, Lily —dije.

—Ivy dijo que mamá hizo algo malo y que ya no puedo vivir con ella. Papá también es malo. ¿Me quedaré contigo, Sky? —Lily habló tan rápido que no tuve tiempo de procesar todas sus palabras.

Storm me rescató.

—Con ella y conmigo.

—Lily, ella es Storm, mi hermana. ¿Recuerdas que la abuela te habló de ella? —dije.

Los ojos de Lily se iluminaron.

—Tienes un nombre muy bonito —le dijo a Storm.

—Tú también. —Storm sonrió.

Lily frunció la nariz y sacudió la cabeza.

—Lily es aburrido. Es nombre de flor. Aburridísimo.

Y es así cómo empezó. Storm le contó un montón de cosas sobre esa flor que Lily consideraba aburrida. Luego la pequeña merendó algo y siguió hablando con Storm. Las dejé solas, bueno, con Z ahí mismo vigilando, y fui a buscar a Ivy.

Necesitaba saber qué había ocurrido con mi madre y su marido.

—No quieres saberlo —fue la respuesta de Ivy.

Ella estaba sentada en la mesa de la cocina disfrutando de una tarta de chocolate. Ella parecía tan joven, demasiado para lo que percibí en su voz.

—Tienes razón, no quiero, pero debo saberlo. Cuéntamelo y luego hablaremos sobre quién te dio derecho a contarle nada a Lily sobre su madre.

—Esa mujer es una perra y lo sabes —dijo tranquilamente Ivy.

—De nuevo, tienes razón, pero Lily no tiene por qué saberlo.

—Deberías tener una charla con tu hermana pequeña, sabe más de lo que piensas.

¡Mierda!

Lily solo tenía cinco años. Era una niña muy guapa, con el cabello rubio rizado y los ojos azules. La abuela siempre se preguntó a quién se le parecía porque no había rubias ni en nuestra familia ni en la de su padre.

Parecía un ángel.

Puse mi mano sobre mi estómago que amenazaba con otro viaje al cuarto de baño.

—Hace un par de horas tuvo lugar un accidente, un escape de gas en la residencia Keller —dijo Ivy—. Desgraciadamente, Larry y tu madre se encontraban dentro de la casa. No sobrevivieron. Diría que lo siento, pero no me gusta mentir.

—¿Está muerta? —susurré.

Hace unas horas estaba preparada para pedir su cabeza en

una bandeja de plata por lo que le hicieron a Storm, pero ahora solo sentía tristeza. No fue una buena madre, de hecho, fue mala, pero era mi madre.

—Sí, Sky. Lo siento si...

La voz de Ivy se desvaneció mientras me encaminaba hacia las puertas francesas. Salí a la terraza. Quería llorar y al mismo tiempo sentía que de alguna manera estaba traicionando a mi hermana.

Llorar por la mujer que la hizo vivir un infierno no parecía justo.

Así que me quedé ahí mirando el jardín con sus plantas y árboles y si me hubiera preguntado qué era lo que estaba viendo no hubiera sabido decir.

Capítulo 14

Sky

—¿Sky? Lily dice que está cansada —dijo mi hermana.

No la había escuchado acercarse y di un pequeño salto y un grito no tan pequeño cuando ella me habló.

—Lo siento —murmuró ella.

—Estoy bien. —Sonreí.

Me quedé mirándola porque no sabía si era el momento de decirle lo que había pasado con madre. Su día no había sido fácil.

—Creo que es mejor si Lily se queda conmigo un tiempo —dije.

—No, de ninguna manera —espetó Storm.

—Sí —dije caminando hacia ella—. Necesitas tiempo para lidiar con lo que te ha pasado y Lily no es el angelito que parece ser. Ella necesita mucha paciencia —expliqué.

—Yo tengo paciencia —declaró ella.

—Ok, ¿y tiempo para hablar sobre lo que Larry te hizo o por qué nunca me lo has contado?

—Puede quedarse contigo unos días —dijo ella.

Se dio la vuelta y se marchó enfadada.

Storm tenía razón, ella tenía paciencia. Yo no y mientras caminaba hacia el salón pensé en lo que me esperaba. No iba a ser bonito.

Salimos de la casa más rápido de lo que pensaba. Storm se despidió de Lily prometiendo que iba a venir a visitarla mañana. Luego Zaid ayudó a Lily a subir al coche y le abrochó el cinturón de su asiento infantil.

Yo ni siquiera había pensado en eso. Ni en ropa. Ni en nada.

Lily se quedó dormida antes de llegar a la carretera. Parecía dormir tranquila, pero si mirabas la manera en la que agarraba su oso de peluche te dabas cuenta de que no era verdad.

—¿Puedes parar en una tienda? Necesito comprar algo de ropa para Lily.

—No hace falta, mi madre se ha encargado de ello —dijo Zaid.

—¿Lo hizo? —susurré sorprendida.

Zaid apartó la mirada de la carretera por un breve momento, lo suficiente para mirarme suavemente, para coger mi mano, apretarla y murmurar:

—Mi familia es así, Sky. Al casarte conmigo has obtenido el apoyo incondicional de mi familia.

¡Oh!

Me quedé sin palabras hasta que llegamos a casa. Hablé cuando Zaid quiso coger en brazos a Lily.

—No, no lo hagas. Un día se quedó dormida en la fiesta de cuatro de julio y un amigo se ofreció a llevarla en brazos. Se despertó gritando y asustó a medio pueblo —dije y mientras hablaba las palabras cobraron sentido—. Oh, mierda —susurré.

—Está bien, Sky —dijo Zaid.

Pero no. No estaba bien y estaba a punto de gritar peor que Lily. Sin embargo, Zaid estaba ahí y puso las manos a los dos lados de mi cara e inclinó mi cabeza.

—Estará bien, Sky. Si ahora mismo tus hermanas no están bien lo estarán pronto. Por eso no tienes que preocuparte. Dime que lo has entendido, Sky.

—¿Lo prometes? —murmuré.

—¿Acaso lo dudas?

Besó mi nariz y luego retrocedió para dejarme espacio para coger a Lily. Ella se movió un poco, pero no se despertó. La llevé arriba, Zaid guiándome hacia una habitación de invitados. Bueno, ya no era de invitados.

Había un montón de detalles que debían hacer sentir como en casa a una niña pequeña. Una colcha de color rosa con estrellas blancas. Cojines de diferentes formas y colores. Peluches grandes y pequeños. Juguetes y libros en una estantería. Una lámpara quitamiedos.

Mis ojos se humedecieron, pero aguanté las lágrimas hasta que Zaid retiró la colcha de la cama y se marchó. Tumbé a Lily y le quité los zapatos, por dormir una noche con sus shorts y la camiseta no pasaba nada.

La cubrí con las sábanas y me senté en el suelo. El peluche seguía en sus pequeñas manos, no lo había soltado en ningún momento.

No lo supe. Ni siquiera lo sospechaba. ¿Qué estaba mal conmigo? Porque de que había algo mal no había dudas. No saber que algo le estaba pasando a Lily era normal, la veía de vez en cuando y nunca le había prestado demasiada atención.

En mis ojos era la hermanastra que se pasaba la vida de rabieta en rabieta, la hija favorita de mamá.

Pero no haberme dado cuenta de lo que le ocurría a Storm no tenía explicación alguna. ¡Por Dios! Vivíamos en la misma casa. Mirando hacia atrás podía recordar alguna señal, pero solo porque ahora sabía qué buscar.

En ese momento no sabía nada. Era una niña.

Me quedé mirando dormir a Lily hasta que mis piernas empezaron a adormecerse. Me marché dejando la puerta entreabierta por si Lily se despertaba y me fui al dormitorio. Tomé una ducha larga y no porque necesitaba limpiarme. Necesitaba llorar.

Y lloré, aunque no sabía decir por quién. Si por mis hermanas o por mi madre. Por mí no lo hice porque lo mío fue nada en comparación con lo que habían sufrido ellas.

Salí de la ducha y no me miré en el espejo. Ya sabía cómo me veía después de llorar y no era una imagen bonita. Me vestí, pero, aunque mi cuerpo estaba cansando mi mente iba a la velocidad de la luz así que abrí las puertas y salí a la terraza.

Me senté en una silla, subí las piernas sobre el asiento, me las rodeé con las manos y descansé la cabeza sobre mis rodillas. No me moví ni siquiera cuando llegó Zaid.

—La esposa de Larry murió durante el parto y él conoció a mi madre cuando su hijo tenía seis años, se casaron enseguida. Crecí con Larry, era el marido de mi madre, pero nunca fue un padre para nosotros. Solo para su hijo. Bruce era raro, pero nunca le tuve miedo, estaba más preocupada por mi madre y Larry. Ella era mala y él era peor. No aceptaban ni un error, ni una mirada, ni una palabra. Así que me refugié en los libros. Leía todo lo que tomaba prestado de la biblioteca y cuando no tenía ningún libro solía imaginármelos. Creaba mundos nuevos y era feliz. Soñaba con los ojos abiertos. Tal vez por eso no vi lo qué estaba pasando con Storm.

Respiré profundamente y me atreví a mirar a Zaid. Se había sentado en la otra silla, una pierna sobre la otra. Parecía relajado hasta que mirabas su rostro.

—Continúa —murmuró.

—Una noche mi madre salió a cenar con Larry y nos dejó al cuidado de Bruce. Yo tenía doce años, Storm catorce y no necesitábamos niñera, pero Larry había decidido que no podía confiar en nosotros. Fui a ducharme antes de irme a la cama y olvidé echar el pestillo. Me estaba enjuagando el cabello cuando

Bruce entró en la ducha. Grité cuando lo vi ahí desnudo. Luego me cubrió la boca y me ordenó guardar silencio. También me dijo lo que quería hacerme, pero no llegó a hacerme nada. Storm llegó y cuando ella empezó a gritar Bruce intentó calmarla. La agarró y ella lo empujó. Bruce se golpeó la cabeza contra el lavabo y cayó. Mi hermana me ayudó a salir de la ducha, estaba paralizada por el miedo. Nos encerramos en la habitación, pero como pasaba mucho tiempo y no se escuchaba ningún sonido Storm salió y encontró a Bruce en un charco de sangre. El golpe en la cabeza había sido fuerte. Storm dijo que deberíamos deshacernos de Bruce, que nos iban a meter en la cárcel.

—No lo hubieran hecho, Sky, fue defensa propia —dijo Zaid.

—Sí lo hubieran hecho porque Larry era policía, su hermano era el sheriff y la mayoría de sus primos también. ¿Quién nos hubiera creído? Nadie, así que limpiamos la sangre, lo envolvimos en unas bolsas de basura y lo tiramos por la ventana.

—¿Hiciste qué?

Hubiera sido divertido si no fuera algo que he vivido, pero si lo hubiera visto en una película estaría retorciéndome de risa.

—Era pesado y no podíamos bajarlo por las escaleras. Luego lo subimos a su camioneta y Storm condujo al bosque de la abuela. Eso no fue un movimiento muy inteligente, pero era el único lugar donde nadie entraba. La abuela tenía una obsesión con las plantas medicinales y muchas crecían en el bosque que había heredado de sus padres. Y como los vecinos apreciaban mucho sus infusiones pues respetaban sus deseos y su bosque.

—¿Y luego? —preguntó Zaid.

—Lo lógico, empezamos a cavar y fue cuando nos pilló la abuela. Era la madre de mi madre y nunca se habían llevado bien, pero a nosotras nos amaba mucho y siempre venía a recogernos para pasar el día en su casa. Fui yo la que corrió a sus brazos y llorando le conté todo lo que había pasado. Y ella, mirando a mi hermana, dijo: hiciste bien, hija. Luego nos llevó a casa y dijo que ella se iba a encargar de todo. A la mañana siguiente Larry encontró una carta de Bruce en la mesa de la cocina. Decía algo sobre haber conocido a una mujer y que se iba con ella. Una semana después mi madre nos hizo recoger nuestras cosas porque dijo que estaba harta de nosotras y que íbamos a vivir con la abuela. Tardé años en averiguar cómo la había convencido la abuela.

—Dinero —murmuró Zaid.

—Dinero. La familia de mi abuela había sido rica, pero solo quedaba la casa en la que vivía ella y unos pocos ahorros en el banco que le permitían a la abuela vivir sin preocuparse por el mañana. Ella le prometió ese dinero a mi madre. También la casa. Por un tiempo, estuvimos bien, pero luego mi madre vino y dijo que la casa estaba vacía y que tal vez Storm podía volver. Mi hermana dijo que ni muerta y la abuela la envió a Nueva York con una amiga. Y siempre, siempre, viví con miedo de que algún día encontraran a Bruce. No era solo por mí, también la abuela era cómplice porque las cartas de él seguían llegando y Larry nunca sospechó nada.

—Diría que tenía otras cosas que le interesaban más que su hijo —gruñó Zaid.

—¿A qué te refieres?

—Vladimir averiguó cosas y esas cosas llevaron al accidente en comillas que mató a tu madre y padrastro. A él le gustaban las niñas y tu madre lo ayudaba.

—No. No. No. —Sacudí la cabeza y después de ponerme de pie empecé a caminar de un lado a otro de la terraza. Storm. Ok, estaba ahí y él estaba enfermo. Lily. Pero ¿más niñas?

Cuando me acerqué a la silla de Zaid él extendió la mano y agarró mi muñeca. Luego me sentó en su regazo.

—Lily no, porque según ellos no tenía miedo a nada. Se

pasaba el día gritando a los cuatro vientos todo lo que hacía y ellos tenían miedo a que contara algo, pero las amigas de ella no. Pero ahora se acabó. Han pagado por sus crímenes. Storm es fuerte y saldrá adelante y Lily, a ella le costará entender la muerte de sus padres, pero ella también estará bien.

—No estoy tan segura —murmuré.

—Es normal.

Durante un tiempo nos quedamos en silencio. Yo mirando hacia la montaña que, aunque no se veía sabía que estaba ahí y Zaid, no sabía en qué estaba pensando él. El silencio me ayudó, creo que también el calor del cuerpo de Zaid y la seguridad que me ofrecían sus brazos a mi alrededor.

Me quedé dormida y un grito me despertó algún tiempo después.

Me incorporé en la cama y ni sabía dónde estaba. Ni siquiera sabía quién era. Parpadeé en la oscuridad de la habitación y entonces escuché la voz de un hombre.

—Es Lily.

Lily, mi hermana. Salté de la cama y me apresuré hacia su habitación.

—Hola, cariño —dije suavemente entrando en su dormitorio.

Ella estaba sentada en medio de la gran cama, las sábanas tiradas al suelo.

—¿Dónde está el señor Vals? —preguntó.

—¿Quién, cariño?

Me acerqué a la cama despacio y me senté en un extremo.

—Mi peluche —dijo.

Respiré aliviada porque si me hubiera preguntado sobre su madre estaría en problemas, pero podía encontrar un peluche. De hecho, tardé menos de un minuto en encontrar al oso que se había perdido en las sábanas.

—Aquí tienes, Lily. —Le entregué el peluche y esperé. Pensaba que iba a meterse en la cama y dormir.

No.

Seguía sentada ahí mirándome con esos ojos grandes que brillaban húmedos.

—¿Quieres un vaso de leche? —pregunté.

Lily sacudió la cabeza.

¿Por qué había creído que podía encargarme de una niña? ¿Qué sabía yo de niños? Nada y era obvio ahora mismo ya que no sabía qué diablos hacer. Además, estaba agotada.

La pobre debió de ver que no tenía ni idea de qué hacer y murmuró algo.

—No te escuché, Lily.

—Un cuento —susurró ella.

—¡Cuentos! Claro que sí —exclamé feliz.

Podía contar cuentos todo el santo día. Me puse de pie y la ayudé a tumbarse en la cama, me tumbé a su lado y empecé el cuento de la princesa guerrera. Tenía tanta imaginación que la abuela me decía que no entendía cómo es que no vivía para siempre en mi cabeza.

Terminé el primer cuento y como Lily seguía mirándome con los ojos bien abiertos le conté otro. Y otro. No sabría decir quién se quedó dormida antes, pero sospechaba que fui yo.

La mañana me encontró en la cama de Lily, su pequeña mano agarrando la mía, el peluche olvidado sobre la almohada. No sabía qué hora era, pero necesitaba usar el cuarto de baño. Intenté moverme, pero Lily también lo hizo.

Ok, podía aguantar un par de minutos más.

Afortunadamente, la puerta se abrió y entró Storm.

—Oh, gracias a Dios —exclamé—. Ven aquí.

Ella se echó a reír, pero tomó mi lugar en cuanto me puse de pie. Eché a correr hacia mi dormitorio y casi me caigo cuando choqué con Zaid.

—¡Oh, Dios! —espeté.

—¿Estás bien? —me preguntó él, pero no podía esperar más. No le respondí y rodeándolo seguí mi camino hasta el cuarto de baño.

Después tomé una ducha rápida porque quería hablar con Storm antes de que se despertara Lily, pero no fui suficientemente rápida. Las encontré en la cama de Lily hablando como si fueran buenas amigas.

Sonreí y apoyé el hombro contra el marco de la puerta.

Si Storm podía sonreír después de ayer, si Lily podía hablar con tanta pasión sobre no sé qué muñeca es que todo iba a salir bien.

—¿Crees que Papá Noel sabrá donde llevar mi regalo? —preguntó Lily.

—Papá Noel siempre lo sabe —contestó Storm.

Lily se puso de pie en la cama y empezó a saltar contenta. Entonces Storm me miró y estaba segura de que las sombras de sus ojos eran causadas por el mismo recuerdo. Las bofetadas que nos dio mi madre un día que nos encontró saltando en la cama.

Me caí al suelo y me golpeé con la casita de muñecas. Sangré y todo, pero mi madre me dijo que me lo merecía. Todavía sentía la cicatriz cuando me lavaba el cabello.

Pero se acabó.

—¿Quién quiere tortitas para desayunar? —pregunté.

—Yo —contestaron mis hermanas al mismo tiempo.

Ayudamos a Lily a vestirse, ella sola eligió un vestido blanco y zapatos rojos, y luego bajamos a la cocina.

Pensaba preparar las tortitas yo misma, pero la cocina ya estaba ocupada. Las tres nos quedamos paradas en la puerta mirando a los dos hombres. Uno estaba preparando tortitas y el otro café.

Miré a Storm. Ella me miró a mí y una pequeña sonrisa se dibujó en su rostro.

—¿Y las tortitas? —preguntó Lily.

—Aquí mismo, señorita —dijo Zaid poniendo un plato sobre la mesa.

Lily se apresuró a la isla, pero el taburete estaba demasiado alto. Z estaba más cerca de ella y se acercó para ayudarla. Lily retrocedió asustada.

Z maldijo.

—¡Jesús! —espetó Storm cogiendo a Lily en sus brazos, y mirando a Z—. ¿Podías no maldecir enfrente de la niña?

—¿Podíamos usar nuestras voces de interior? —preguntó Zaid. Cuatro pares de ojos lo miraron—. Lo que sea, si no estáis sentados en tres segundos me comeré yo solo todas las tortitas.

—Date prisa, Storm —dijo Lily.

Tardamos más de tres segundos, pero aun así Zaid compartió sus tortitas con nosotros. Fue un desayuno un poco extraño, mi atención compartida entre mis hermanas y Zaid que estaba sentado a mi lado. Muy cerca. Tan cerca que mi brazo lo tocaba cada vez que cogía el tenedor, su muslo pegado al mío debajo de la mesa.

Y lo que era aún más extraño era el hecho de que la isla del desayuno era inmensa. Había espacio suficiente para diez personas, pero él había elegido sentarse tan cerca de mí. Al otro lado tenía a Lily y luego a Storm. Z se había sentado al lado más alejado y miraba con mucha precaución a Lily.

Storm le echaba miraditas a escondidas a Z.

Lily continuó su conversación sobre esa muñeca y estaba

tan ilusionada que miré a Zaid. Él sintió mi mirada y giró la cabeza. Levantó una ceja.

—¿Puedes prestarme tu teléfono? —susurré.

No dudó.

Wow.

En un instante colocó su teléfono desbloqueado sobre la mesa. Murmuré mi agradecimiento mientras abría Google y buscaba la dichosa muñeca. Ahogué un suspiro cuando vi el precio.

¿Quién diablos pagaba quinientos dólares por una muñeca?

—Cómprala —susurró Zaid.

—¿Estás loco? Son quinientos dólares.

—La quiere. No, la necesita —insistió Zaid, pero me negaba a pagar tanto por un juguete.

Sin embargo, a Zaid le gustaba salirse con la suya y presionó comprar en la pantalla de su teléfono.

—Tú...

—¿Yo? —Zaid sonrió y olvidé lo que quería decir.

—¡Perrito! —exclamó de repente Lily.

Giré la cabeza y vi a Aya entrar. Iba acompañada de un pequeño perro blanco. Empecé a estornudar en ese mismo instante.

—Sky es alérgica —explicó Storm.

—Oh, lo siento —dijo Aya —. Voy a llevarlo fuera, de todos modos, necesita correr un rato.

—¿Puedo ir yo también? —preguntó Lily.

—Claro que sí. —Sonrió Aya.

Las dos se fueron hacia las puertas francesas y Storm se levantó para seguirlas.

—Storm, quédate —le dije.

Ella volvió a sentarse.

—¿Está mal si quiero salir y jugar con el perro a estar aquí y tener una conversación de adultos? —preguntó Storm.

Yo también prefería no tener esta conversación, pero éramos adultos.

—Tenemos que decirle a Lily sobre mamá —dije.

—¿Tenemos? —se quejó ella.

—Sí, Storm, tiene que saberlo. ¡Dios! ¿Cómo puedes pensar en guardar el secreto?

—Ya ha pasado por suficiente y créeme, no va a echar de menos ni a mamá ni a su padre.

Eso era verdad, pero de todos modos Lily tenía derecho a saber que sus padres habían fallecido.

—Puedes venir o puedes quedarte aquí —le dije a mi hermana.

Me puse de pie y salí al jardín.

Lily reía mirando al perro que jugaba con una pequeña pelota. Me senté en el suelo y respiré profundamente. No sabía cómo decirle a alguien que sus padres habían fallecido. El día en que desperté y me di cuenta de que era muy tarde y que la abuela todavía no había bajado a la cocina todavía seguía muy presente en mi mente. Y muy doloroso.

La abuela había tenido la muerte que siempre decía que era la mejor. Murió mientras dormía. Ni siquiera se enteró. Cuando subí y la vi en su cama tardé unos buenos instantes en darme cuenta de que ella no dormía plácidamente.

Fue horrible.

Estuve sola. Storm no volvió para el funeral y madre fingió abrazarme en la iglesia. Pero Lily no estaba sola.

Capítulo 15

Sky

—He mentido —dije.

Zaid levantó la mirada de la pantalla de su móvil y levantó una ceja.

—Ok.

—Iré al infierno —espeté sentándome a su lado en el sofá —. Lily me preguntó si sus padres se fueron al cielo y la miré a los ojos y dije que sí. Le mentí, Zaid. Me voy a encontrar a esos dos en el infierno —me quejé.

—No irás al infierno por tranquilizar a una niña que acaba de recibir una mala noticia. Además, es lista, dentro de unos años averiguará la verdad —dijo él.

Me recliné en el sofá y suspiré.

—Lloró, ¿sabes? Pero yo lloré más cuando murió mi abuela. ¡Jesús! Lloré más cuando encontré las fotos de mi padre con Storm. ¿Crees que es normal?

—Lily es normal, es una niña que ha vivido en un ambiente difícil —respondió Isabella.

Giré la cabeza asustada. No sabía que había alguien más en la casa. Aunque ya éramos más de lo que encontraba fácil de manejar. Aya con su perrito, Lily, Storm y Z, todos en el jardín jugando. Zaid. Y ahora Isabella.

—Hola —dijo ella sentándose en el otro sofá.

—Olvidé decirte que mi familia es un poco entrometida —me susurró Zaid.

Isabella sonrió.

—Demasiado tarde ahora, Zaid. —Se rio ella—. Volviendo a Lily, necesito tu permiso para hablar con ella.

—¿Hablar de qué? —pregunté.

—Según nuestras informaciones la niña presenció algunos actos que ni debería saber que existen. Hay que averiguar el impacto que tuvieron y tratar el daño —dijo Isabella.

—¿Actos? —murmuré.

—No quieres los detalles, Sky, créeme, no quieres saberlo. El daño sufrido por Lily no es físico, solo mental. ¿Ok?

Como si eso fuera mejor.

Podía escuchar las voces de todos, el ladrido del perro, pero no la voz de Lily. Me puse de pie y caminé hasta la ventana. Al mirar afuera la vi sentada, apartada de los demás, sosteniendo su peluche.

—Ok —dije.

—Ok —repitió Isabella y se encaminó hacia el jardín —. ¿Vienes? Por lo que vi ayer creo que a Lily le gustaría tenerte a su lado.

Asentí.

Miré a Zaid que seguía en el sofá, sus ojos en mí y debió de ver algo en los míos porque se puso de pie y se dirigió hacia mí.

—Sky saldrá en un minuto —le dijo a Isabella.

Ella salió justo cuando Zaid se paró delante de mí.

—No me digas que todo estará bien —le dije —. Estoy harta de escucharlo, harta de repetirlo en mi cabeza cuando lo único que quiero es olvidar que todo esto haya pasado. ¿En qué mierda de mundo vivimos donde una niña de cinco años tiene que hacer terapia para olvidar los abusos de sus padres?

—Es un mundo bonito con algunas personas malas, pero son menos que las buenas. Ahora, ¿quieres un abrazo o un beso? —preguntó Zaid y sonrió cuando lo miré sin entender—. Tus ojos están tristes, Lily no puede verte así. ¿Qué eliges?

Era una decisión difícil.

Sus besos eran buenos, más que buenos, y había pasado algo de tiempo desde que había disfrutado de uno. Y los abrazos, la verdad es que necesitaba uno.

—¿Puedo elegir los dos? —murmuré.

Recibí un beso corto y un abrazo largo. Luego salí al jardín y me quedé sentada al lado de Lily mientras Isabella le preguntaba un montón de cosas. Isabella había tenido razón, Lily dijo que me quería con ella y desde ese momento cada vez que le tocaba hablar con ella yo estaba ahí.

Y cada vez yo recibía un beso y un abrazo de mi marido.

Ese día mi vida cambió.

El día entero lo pasaba pendiente de Lily. Jugábamos, conversábamos, dábamos paseos.

Ese día Lily cambió.

El día entero lo pasaba pegada a mí. Me pedía jugar o ver películas. Me pedía balencearse en el columpio que Zaid había encargado para ella. Ella me necesitaba todo el tiempo, todo el día y a veces también de noche.

Tenía pesadillas e Isabella estaba trabajando en eso, pero ya me había advertido que era un proceso largo.

Me di cuenta de que no conocía a mi hermana. Ella no era la niña malcriada que tenía rabietas cada dos minutos. Era una niña normal, obsesionada con las tortitas que preparaba Zaid, esas que él le preparaba cada mañana.

Ah, sí.

Zaid.

El hombre era increíble.

Su comportamiento con Lily era hermoso. La cuidaba como si fuera su familia. Le contaba chistes y jugaba con ella si se lo pedía. Mantenía la distancia cuando los pequeños ojos de ella se nublaban con miedo.

A Lily no la habían tocado, pero fue testigo de lo que sucedía y tenía miedo. Cualquier hombre que se le acercaba, daba igual si era joven o mayor, era un peligro para ella. Todos, excepto uno, Raed, el abuelo de Zaid.

Una semana después de la llegada de Lily a nuestras vidas Zaid nos llevó a otro almuerzo familiar, esta vez en casa de su tía Ayala, la que estaba casada con el sheriff.

Y Lily se quedó quieta, mirando a todo y a todos durante un buen rato. No fue a jugar con los niños, pero sí fue a sentarse al lado de Raed cuando él se sentó en el sofá con un bebé en sus brazos.

No sé de qué hablaron, pero al cabo de media hora eran los mejores amigos, o, mejor dicho, eran abuelo y nieta. Después de ese día Raed empezó a venir a casa cada dos o tres días. Su mujer lo acompañaba y pasábamos un rato tomando té.

Y Lily mejoraba. Florecía con cada visita, con cada pequeño regalo que le traía Raed. Con cada visita de Aya, con cada cuadro que Aya le pintaba y cuando ella le regaló un cuaderno y lápices su sonrisa fue tan grande que podría haber iluminado el mundo entero.

La que no mejoraba era Storm.

Ella también venía a visitarnos o nosotros íbamos a verla a Nueva York. Zaid solía avisarnos cuando tenía planeado viajar en helicóptero y no dejábamos escapar ni una oportunidad de ir a ver a Storm.

Pasaban los días y Storm se veía peor con cada día que pasaba. Había adelgazado y si antes era delgada ahora estaba en los huesos. Pero se negaba a hablar conmigo. De hecho, se negaba a hablar del tema.

Z estaba preocupado por ella. Bueno, eso me lo contó Aya que al parecer estaba al tanto de todos los chismes de la familia. Yo estaba muy ocupada con Lily, además de que la niña me agotaba toda la paciencia y no me quedaba nada para una persona que no quería mi ayuda.

No sabía qué le estaba pasando a Storm, pero yo lo había intentado mil veces y ya me veía a mí misma en la postura de acosadora así que renuncié. Ella sabía dónde encontrarme si me necesitaba.

Así eran mis días. Ocupadas, yendo de un lado para otro, conociendo a la familia de Zaid. Y las noches, bueno, durante las noches no dormía mucho.

Mi matrimonio de conveniencia no tenía nada. Éramos un matrimonio de verdad. Él se iba a trabajar y volvía a cenar, a veces se quedaba a trabajar en casa y pasaba más tiempo con nosotras que en su despacho.

Después de cenar yo le leía un cuento a Lily y cuando se dormía iba al salón donde Zaid me esperaba con la chimenea encendida y una copa de vino. Le comenté que no me gustaba y se había propuesto encontrar un vino que me gustara.

Luego nos íbamos a dormir. Cuando salía de la ducha lo encontraba en la cama y no tardaba ni un instante en estar en sus brazos. Hacer el amor con Zaid era lo mejor que había vivido. Aprendí mucho. Experimenté aún más.

La vida, mi vida, era buena, no obstante, a veces un presentimiento invadía mi mente y me instaba a seguir con precaución. ¿Le hice caso? No, porque había sido cauta toda mi vida.

Primero con mi madre. Cuidé mis palabras y acciones para no enfadarla y ganarme una bofetada. Larry tampoco tenía paciencia conmigo. Seguí con la abuela, porque no quería perderla y después de haber arriesgado su libertad por nosotros era lo menos que podía hacer.

Y por fin tenía a una persona en mi vida que no me miraba mal si me equivocaba, que me apoyaba y que me hacía sonreír. También tenía a su familia que me trataba como si fuera uno de ellos.

¿Qué podía pasar? Nada.

Era solo mi cabeza que no estaba acostumbrada a la felicidad o mi cerebro que estaba sobreestimulado con todo lo que estaba ocurriendo.

Y el desastre ocurrió.

Llevaba unos días de retraso cuando decidí hacerme una prueba de embarazo. Estaba segura de que iba a salir positivo, no había día sin tener relaciones sexuales y como no usábamos protección, pues era normal.

Estaba embarazada o eso pensaba yo.

Varias pruebas dijeron que no. Varios días pasaron, pero no había rastro de mi menstruación y decidí ir al médico.

Afortunadamente, Zaid tenía que ir a Nueva York y lo acompañamos. Nos dejó en casa de Storm donde pasamos la mañana con mi hermana. A mediodía Lily se quedó con Storm y yo me fui a mi cita.

Fui sola.

Cogí un taxi enfrente del edificio de Storm y llegué pronto a mi cita, pero la doctora tenía una emergencia y me tuve que esperar. Había olvidado mi teléfono en casa y no podía decirle a mi hermana que iba a llegar tarde.

Estaba anocheciendo cuando salí de la consulta.

—Señora Kader —me saludó Hunt.

Era el guardaespaldas de Zaid, un hombre alto, fuerte y guapo, con una mirada que nunca expresaba nada. Me abrió la puerta de la limusina y entré. Pensaba que iba a llevarme a casa de mi hermana y que durante el camino tendría tiempo de pensar en lo que había pasado en la consulta.

Pero no.

Ni me había sentado bien cuando sentí la mirada de Zaid sobre mí. Sonreí, pero se me borró la sonrisa en cuanto vi su expresión.

No estaba enfadado. Estaba furioso con mayúsculas. Podía sentir su furia como si fuera una fuerza que quería atraparme en sus garras y sacudirme.

—Zaid, ¿qué? —pregunté, pero él me interrumpió.

Levantó la mano e hizo un gesto hacia el otro asiento. Lily estaba ahí tumbada. Dormida. Su muñeca izquierda vendada.

—¿Qué pasó? —susurré.

Zaid no contestó. Metió la mano en su bolsillo y sacó dos objetos que tiró en mi regazo. Mi reloj y mi teléfono.

—Olvidaste esto —gruñó.

Por la mañana Lily me vio lavarme las manos y le pareció extraño que mi reloj pudiera mojarse y seguir funcionando. Se lo había dejado para comprobarlo y pasó un buen rato metiéndolo y sacándolo de un cuenco lleno de agua.

Olvidé ponérmelo y pasó lo mismo con el móvil. Lo saqué del bolso para verificar algo y lo dejé sobre la mesita de café.

—Zaid, yo...

De nuevo, él no me dejó hablar.

—Lily es tu responsabilidad. No mía, no de mi familia. Si tienes algo mejor que hacer que cuidarla búscate una niñera. Yo no tengo por qué cancelar mis reuniones para acompañar a tus hermanas al hospital. ¿Entendido, Sky? —gruñó él.

Mantuve la mirada en mi regazo y asentí. No sabía si él me había visto hacerlo, pero no pensaba abrir la boca. Intentaba no echarme a llorar. Intentaba deshacerme de esa sensación de niña que estaba siendo regañada por su padre.

Encendí el móvil y leí los mensajes que me había enviado Storm. Averigüé que tuvieron un accidente cuando estaban en el parque. Un ciclista las arrolló, Lily tenía un esquince en la muñeca y Storm unos pocos rasguños.

Nada grave.

Le envié un mensaje a Storm, pero no me contestó.

Llegamos al helipuerto y cuando quise coger a Lily mi marido me lo impidió. Lo hizo él y vi como mi hermana que antes odiaba cualquier hombre que se le acercaba, se relajaba y seguía durmiendo en los brazos de Zaid.

Debería ser feliz, pero de alguna manera no podía disfrutar de ese pequeño logro de mi hermana.

El viaje en helicóptero fue silencioso y tenso. Lily durmió en los brazos de Zaid y también después cuando aterrizamos en el patio delantero. La subió a su dormitorio, la tumbó sobre la cama y se marchó.

Vestí a Lily con su pijama y me quedé un rato más con ella. Cuando estuve segura de que no se iba a despertar me fui a mi habitación. Zaid no estaba ahí.

Ni la mañana siguiente. Ni la noche siguiente. Zaid no volvió a nuestro dormitorio. Venía a casa, pero no sabía en qué habitación dormía. Venía, le preparaba las tortitas a Lily y se marchaba. Con ella era el Zaid de siempre. Conmigo no y hasta la pequeña se dio cuenta de eso.

—No te dio un beso —dijo Lily una mañana.

Zaid acababa de despedirse diciendo que iba a trabajar y fue entonces cuando me di cuenta. Él siempre me daba un beso cuando se iba y cuando volvía.

—A veces cuando tenemos muchas cosas en la cabeza olvidamos cosas —dije.

Mi explicación no convenció a Lily, pero no tenía otra

mejor para ella.

Fueron tres días en las que tuve que aguantar la frialdad de Zaid y tenía la esperanza de que se le iba a pasar el enfado. La tenía hasta que en la mañana del cuarto día recibí una llamada y fui a hablar con él.

Estaba en la cocina, en mangas de camisa, su americana y su maletín sobre la isla. Un plato lleno de tortitas ya estaba ahí esperando a Lily.

—Zaid, tengo que ir a...

—Díselo a Hunt —me cortó.

Ni siquiera me miró. Ni siquiera se dio la vuelta. Se lavó las manos, se las secó y después de bajar las mangas de su camisa se puso la americana.

—Es importante —murmuré.

—Hunt puede encargarse de cualquier asunto.

¿Hunt podía acompañarme al funeral de mi madre?

¿Hunt podía abrazarme y sostener mi mano mientras volvía a la casa que había sido una prisión para mí y mis hermanas?

No dije nada por la simple razón de que si abría la boca iba a echarme a llorar. Pensaba que mi suerte por fin había cambiado, que por fin tenía a mi lado a alguien especial. Qué equivocada estaba.

Zaid tampoco habló. Simplemente cogió su maletín y se fue. Escuché la puerta abrirse y cerrarse y fue entonces cuando las lágrimas se deslizaron sobre mis mejillas.

Todo pasa por algo.

La abuela solía decirlo. Hay una razón detrás de cada evento, detrás de cada cosa que sucede en nuestras vidas. Ya había encontrado la razón por la noticia que recibí el día del accidente de Lily y Storm.

Y en ese momento tomé una decisión. Fue sin darme cuenta. Fue al darme cuenta de que la vida era un asco y que era mejor así. Fue al darme cuenta de que ya estaba harta de sufrir y de luchar.

Iba a dejar que el destino decidiera el curso de mi vida. Yo solo seguiría su ritmo y sus decisiones.

Dos horas después salía por la puerta con Lily y con Hunt detrás llevando nuestras maletas. Hunt nos llevó en limusina hasta el apartamento de mi hermana y de ahí al aeropuerto donde subimos a un avión privado.

No sabía si era de Zaid. No quería saber y no pregunté.

No sabía si Zaid sabía a dónde me iba. No quería saber porque me daba miedo escuchar la verdad. Que a mi marido le daba igual.

Y era normal. Lo nuestro era un matrimonio de conveniencia. No debía esperar amor, no debía pedirlo.

∞ ∞ ∞

—¿Crees que deberíamos haber dejado a Lily en casa? —preguntó Storm.

Otra limusina nos estaba llevando al hotel, al único hotel que había en nuestra pequeña ciudad natal. Hunt me informó que la casa de la abuela había sufrido daños y que seguía en obras. La casa de mi madre y Larry era una opción que rechacé desde el principio.

Ni muerta iba a poner un pie ahí.

—No, Storm. Es pequeña, pero necesita cerrar este capítulo de su vida.

Justo entonces Lily se despertó y echó un vistazo por la ventana.

—¿Nos vamos a casa? —preguntó.

—Sí, Lily —dijo Storm.

—¡Sí! Así podré dormir en mi cama y mostrarte mis muñecas. ¿Sabes cuántas tengo? Cincuenta y tres —dijo Lily alegre —. Sky, ¿crees que después podré llevarme las muñecas a casa de Zaid?

Casa de Zaid. No nuestra.

Asentí y luego le envié un mensaje a Hunt sobre dónde íbamos a alojarnos, aunque estaba segura de que ya lo había escuchado.

Tardamos poco en coger el camino que llevaba a casa, demasiado poco para prepararme. Había vivido años enteros a cientos de metros del lugar donde estaba enterrado Bruce y no me había sentido tan mal como ahora al saber que tenía que entrar en esta casa.

Sin embargo, no tenía elección.

Lily bajó del coche y echó a correr hacia la casa. Estaba feliz y era lo que importaba.

—Me voy a emborrachar —dijo Storm—. Pero no quiero tocar nada de esta casa. Me voy a comprar algo.

Storm se fue andando y no tardaría más de diez minutos en llegar a la tienda. Diez de ida, cinco de comprar si no estaba Loretta trabajando y otros diez de vuelta. Veinticinco minutos que iba a tener que pasar sola en la casa.

—Señora Kader, ¿necesita algo más? —preguntó Hunt.

Sostenía dos maletas, otras dos estaban en el porche ahí donde Lily estaba dando saltos de alegría.

A mi marido.

Hunt era guardaespaldas, no un genio que cumplía deseos.

—No, gracias, Hunt. Hasta mañana a las ocho de la mañana estaremos aquí.

Él me miró de una manera que me hizo preguntar si Zaid tenía razón y mentir se me daba fatal.

Capítulo 16

Sky

Nada había cambiado. Ni el olor, ni la decoración.

Nada más abrir la puerta sentí el olor a esos cigarrillos que fumaba Larry y que dejaba en ceniceros alrededor de toda la casa. El mismo sofá con una mancha de jugo de arándanos en el cojín del medio, la misma mesita de café contra la que me golpeé y me rompí la nariz cuando tenía cinco años.

Lily echó a correr por las escaleras feliz de llegar a su habitación y ver sus preciosas muñecas. Debía seguirla porque no sabía en qué estado estaba la habitación. No me apetecía nada hacer lo que debía hacer.

Estaba harta. Cansada. Triste. Decepcionada.

Sin embargo, había fallado antes a Lily y por lo tanto subí las escaleras. Lo primero que vi al llegar a la planta de arriba fue el cuarto de baño. La puerta estaba abierta.

Las mismas baldosas blancas, esas que había frotado fuerte y durante mucho tiempo para borrar las manchas de sangre. Me hubiera gustado intentarlo con los recuerdos, frotar y frotar hasta hacerlos desaparecer.

Bruce estaba muerto. Su cuerpo fue encontrado en el jardín de la abuela, pero no sé qué hicieron los familiares de Zaid o cómo lo hicieron, pero la policía había cerrado el caso. El culpable del asesinato de Bruce era un hombre sin techo que había fallecido poco después.

Eso significaba que estábamos a salvo. Storm. Yo. Nadie sabría nuestro secreto. Lo sabía Zaid, pero no estaba preocupada. No iba a desvelar mis secretos.

—¡Sky, ven! —gritó Lily.

Aparté la mirada del cuarto de baño y despacio caminé hasta la habitación de Lily. Era la que había usado Storm y ahora se veía diferente. Nada del blanco puro que había preferido mi madre para nuestras habitaciones, en cambio había toneladas de rosa.

Paredes, cortinas, cojines, libros. ¡Libros! Cada libro que estaba en la estantería tenía el color rosa.

¡Jesús! Alguien había perdido completamente la cabeza al decorar esta habitación.

—Ven —repitió Lily.

Me senté en el suelo, sonreí y le di un beso a cada una de las cincuenta y tres muñecas. Una eternidad después Storm apareció en la puerta de la habitación, una copa de vino en su mano.

—Dime que hay más de eso —supliqué.

Ella me entregó su copa y tomé un sorbo grande.

—He pedido pizza —dijo Storm.

Lily gritó. Pizza era su cena favorita y si podía salirse con la suya podría ser la comida y el desayuno. Cenamos pronto, ayudé a Lily con su baño y luego le leí un cuento. Storm no había vuelto a subir a la primera planta.

—Lo he jodido —murmuró ella cuando entré en el salón.

Estaba sentada en el suelo, su espalda apoyada contra el sofá, la copa de vino en su mano y la botella al lado de su pierna derecha. Llevaba mucho tiempo sin soltar esa copa, pero al mirar la botella vi que solo estaba medio vacía.

—¿Qué has jodido? —pregunté.

Me senté en el sofá y me quité los zapatos, las horquillas del cabello y después de unos malabares también conseguí deshacerme del sujetador. Malditas cosas, eran bonitos, mis pechos se veían genial cuando los llevaba, pero se sentía tan bien cuando me los quitaba.

—Mi vida. Pensaba que lo tenía todo. El apartamento. El trabajo. Los amigos. Todo era una maldita mentira. Yo soy una mentira, Sky. Mírame, no hay nada de verdad en mí.

—Storm, eso no es verdad. Solo estás pasando por un mal momento. ¿Cómo va la terapia? —pregunté sabiendo muy bien que había rechazado la ayuda de Isabella.

—No necesito hablar de mi pasado con un extraño.

—Isabella no es una extraña —dije.

—Es familia, es peor —dijo Storm.

No tenía sentido discutir con ella, además me faltaban las ganas de vivir. ¿Quién era yo para pedirle explicaciones y darle consejos?

Me recliné en el sofá y durante un rato disfruté del silencio. Luego Storm explotó mi burbuja de tranquilidad.

—¿Quieres hablar de Zaid?

—¿Quieres hablar tú de Z? —le pregunté.

—Diablos, no —espetó Storm.

—Pues eso —murmuré.

Zaid no había llamado. Yo no lo había llamado. Total, seguro que agradecía el no tener que preparar el desayuno para Lily. Y ya no tendría que dormir en Dios sabe dónde. Ahora tenía el dormitorio solo para él.

La mañana nos encontró en el salón. Yo tumbada en el sofá con un dolor de cuello igual de horrible que el de cabeza. Storm estaba medio tumbada en el sillón con los pies en la mesita de café.

Después de subir y ver si Lily seguía durmiendo tomé una ducha. Me dolían todos los músculos y estaba más pendiente de eso que del hecho de que me estaba duchando en ese cuarto de baño.

El recuerdo llegó luego, pero había echado un vistazo al reloj y no me daba tiempo para una crisis de ansiedad.

Storm se despertó cuando estaba ayudando a Lily a vestirse. Desayunamos las tres y con cada minuto que pasaba más nerviosa me ponía. Hunt llegó poco antes de las ocho y por primera vez me sonrió al saludarme.

El vestido negro me sentaba bien, pero no creo que de repente mi apariencia le pareciese atractiva. Seguramente tenía que ver con el funeral.

Fue un suplicio.

En la iglesia nos sentamos solas. Los familiares de Larry nos echaron miradas raras, más que raras cuando le pidieron a Lily que se sentara con ellos y ella se negó. Yo la apoyé y me gané varias miradas de odio que me pusieron el pelo de punta.

—Sky —susurró Lily y giré la cabeza hacia ella—. ¿Por qué hay tres ataúdes?

Me bloqueé. En ese momento no sabía ni qué ni cómo responder. La verdad es que no había notado el tercer ataúd. No había querido notarlo. Miré a Storm, pero ella se encogió de hombros.

Afortunadamente o no, la gente empezó a murmurar y eso le llamó la atención a Lily. A Storm también que giró la cabeza hacia la entrada de la iglesia y se quedó boquiabierta. Luego la furia apareció en sus ojos.

¿Qué diablos?

La curiosidad me hizo mirar y todo el aire de mis pulmones se fue. Si ya tenía dificultades para pensar antes, ahora tampoco podía respirar. Hey, pero ¿quién necesita respirar?

Respirar está sobrevalorado. Respirar no es necesario cuando estás viendo a dos hombres altos, guapos, morenos, vestidos con trajes negros en la entrada de la iglesia. Por un breve instante tuve dudas, no sabía cuál de los dos era mi marido. Le eché la culpa al sol que brillaba con fuerza fuera de la iglesia y a la poca luz del interior.

Pero cuando empezaron a caminar lo reconocí.

La gente seguía murmurando, pero ellos caminaron sin mirar a nadie, a nadie excepto a nosotras. Y cuando su mirada encontró la mía mi cerebro que ya era un órgano inservible se convirtió en papilla.

Mi corazón latía errático y empezó a dar saltos cuando Zaid se sentó a mi lado en el banco.

—Hola —susurró Zaid poniendo el brazo sobre mis hombros.

Luego me dio un beso suave en la sien y se giró hacia Lily.

—Hola, pequeña. —A ella le sonrió y era todo lo que esperaba la pequeña para trepar sobre mí y saltar a sus brazos.

—Me alegro de que estés aquí —le susurró Lily.

Mi corazón se encogió.

Lily le había cogido cariño a Zaid y lo peor es que confiaba en él. Y él, pues él no quería ni la responsabilidad ni el cariño.

Aparté la mirada de ellos y miré a mi otra hermana. Ella miraba de frente ignorando al hombre sentado a su lado.

—Hola, Z —murmuré.

—Sky. —Z me guiñó el ojo.

Me hubiera gustado saber la historia de estos dos, pero si ni mi propia hermana quería contármelo dudaba de que a él le gustaría sentarse y charlar sobre sus problemas sentimentales.

El sacerdote se acercó al pódium y aclaró su garganta.

—Queridos... —No escuché más porque atrapé su mirada

desaprobadora sobre la mano de Zaid que seguía sobre mi hombro.

Sostuve su mirada y alcé mi mano izquierda para quitarme el flequillo de la frente. Lo hice lentamente para darle suficiente tiempo para ver mi anillo de compromiso y mi alianza.

Eso era, como decía mi abuela, sacudir una tela roja delante de un toro, pero estaba harta de bajar la cabeza ante toda la gente de la ciudad. Siempre tuve miedo de que descubrieran el secreto, pero ya no.

Estaba a salvo y todos podían irse al infierno con sus miradas, sus cuchicheos y sus cotilleos.

La misa siguió sin yo escuchar una sola palabra hasta que Storm me dio un codazo.

—¿Qué? —susurré y ella hizo un gesto con la cabeza hacia el sacerdote que me estaba mirando como si fuera el mismísimo diablo.

—Sky, ¿te gustaría decir unas palabras en memoria de tus padres y de tu hermano?

Larry no era mi padre. Bruce no era mi hermano y mi madre había sido solo la mujer que me llevó en su vientre durante nueve meses. Se necesitaba más que eso para ganar el título de madre.

Sacudí la cabeza y un no muy contento sacerdote miró a Storm.

¡Mierda!

—¿Storm? —dijo el sacerdote.

Ella se puso de pie, pero vi su mirada y sabía que si ella hablaba se desataría el infierno. Por suerte, Z se levantó y rodeó su cintura con el brazo.

—Lo siento, pero mi prometida no se siente bien —dijo Z, maniobrando para encaminarse junto a mi hermana hacia la salida.

El sacerdote los miró boquiabiertos salir de la iglesia. Los demás también.

Solo faltaba una cosa y poco después hicimos lo mismo que Z y Storm.

Salimos de la iglesia juntos. Zaid a mi lado, su mano en la parte baja de mi espalda y con la otra sosteniendo a Lily. Sonreí a alguna de las amigas de mi abuela y también le sonreí a Hunt cuando me abrió la puerta de la limusina.

Lo hice sin pensar, fue un gesto automático.

El viaje lo hicimos en silencio, pero cuando nos acercamos al cementerio Lily empezó a llorar. La abracé porque no había nada que pudiera hacer. Ella había tenido una actitud extraña sobre la muerte de sus padres. Lloró cuando se lo dijimos y luego nada. A veces los mencionaba, pero nunca lloraba, nunca decía que los echaba de menos.

Isabella dijo que era normal, que era su manera de lidiar con el trauma.

Hoy sí lloró, lloró hasta quedarse dormida. La gente ya se había reunido en el cementerio y Storm todavía no había aparecido. Alguien debía estar ahí.

Tumbé a Lily en el asiento y la cubrí con mi abrigo.

—Hunt, ¿puedes cuidar a Lily y avisarme si se despierta? —pregunté mirando la nuca del guardaespaldas sentado en el asiento delantero al lado del chofer.

—Sí, señora Kader. No se preocupe, su hermana estará a salvo aquí.

Luego bajé y me dirigí hacia el lugar del entierro. Unos dedos se enrollaron alrededor de mi muñeca y me dieron la vuelta. Otra mano se deslizó en la parte de baja de mi espalda y me presionó contra el cuerpo duro de mi marido.

—¿Qué diablos estás haciendo, Sky? —gruñó.

—Voy a ver como entierran a mi madre —respondí.

—¿Qué diablos estás haciendo con Hunt? —preguntó.

Las palabras se quedaron atascadas en mi garganta. Mi capacidad de razonamiento también estaba fuera de cobertura.

¿Qué quería decir con Hunt?

Bueno, entendía la pregunta, lo que no entendía era la furia de sus ojos o la fuerza con la que su brazo me presionaba contra su cuerpo.

—Le pedí a Hunt que se encargara de mi hermana, ¿no dijiste que si necesito algo se lo debo pedir a él?

—¿Y también le has pedido compartir tu cama? —gruñó.

Mi risa lo tomó por sorpresa, a mí también. Zaid pensaba que yo lo estaba engañando con Hunt. ¿En qué mundo de fantasía vivía este hombre?

Después de la risa llegó la furia. Pensaba tan poco de mí.

Y luego lo comprendí. La razón por la que Zaid pensaba tan poco. Me había vendido, ¿no? Por protección.

—No —murmuré —. ¿Puedes soltarme? Me gustaría enterrar a mi madre y marcharme de esta ciudad de una vez por todas.

Zaid me soltó la muñeca, pero su otra mano se quedó en mi espalda y me guio hacia la multitud de personas que esperaba. Odiaba los cotilleos. Podía ver en sus ojos la curiosidad, pero caminé con la cabeza alta y los hombros rectos.

Solo un poco más.

¿Cuánto iba a tardar el entierro? Veinte minutos, no podía ser más.

Fueron más o tal vez fue el frío que penetraba a través de la tela suave de mi vestido que me hizo pensar que llevaba una eternidad ahí. Estuve temblando hasta que Zaid me puso sobre los hombros su americana.

—Gracias —susurré.

No lo hice por él, lo hice por toda esa panda de cotillas que no perdían ni un detalle, ni un maldito gesto, ni mío ni de mi marido.

Miré el ataúd de mi madre que se iba cubriendo de rosas blancas y tuve que morderme la lengua. Quería gritarle, decirle por última vez todo lo que llevaba en mi corazón, todo el dolor, todo el sufrimiento.

Que en paz descanse.

¿Por qué debería cuando hizo de mi vida un infierno? ¿Dónde estaba la justicia? Bueno, estaba muerta así que esa podía ser la justicia.

—Sky.

Giré la cabeza hacia el hombre que me había llamado. El hermano de Larry, el sheriff.

—Daniel —dije.

—Queremos ver a Sky. Tráela a la casa.

No era una petición, era una orden. Siempre había sido una chica obediente. Larry decía salta y yo saltaba, luego la abuela se encargó de que nadie me dijera salta y por alguna razón Daniel pensaba que podía hacerlo.

Me pregunté si era ciego porque solo un ciego no vería al hombre que estaba a mi lado y la amenaza de sus ojos. Pero no importaba la presencia de Zaid porque a mí ya me daba igual todo.

—Imposible, volveremos a casa enseguida —dije.

Un musculo empezó a latir en la frente de Daniel. Bueno, si le diera un infarto sería perfecto.

—Es mi sobrina, tengo derecho a verla —gruñó.

—Lily tiene derechos y son los únicos que importan. Ahora, si me disculpas. —Le di una sonrisa fría y falsa como una carta de Papá Noel.

Luego me di la vuelta y me encaminé hacia el coche. Zaid se me adelantó y abrió la puerta.

—Bien hecho —murmuró.

No quería sus palabras, pero aun así me gustó escucharlas. Una vez dentro del coche el cansancio tomó el control de mi cuerpo y lo único que hice fue quedarme ahí quieta y mirar a Lily dormir.

Quería dormir tan plácidamente como ella, pero todavía faltaba mucho para la hora de dormir. Tenía una cita con el abogado mañana, así que no podía irme, no es que tuviera adónde ir.

¿A casa de Zaid? Sí, debía volver. Era mi deber, total, había firmado un contrato.

Con Storm desaparecida no tenía a nadie que pudiera cuidar a Lily para poder tumbarme, cerrar los ojos y pretender por unos minutos que todo esto había sido una pesadilla.

Lily se despertó cuando llegamos a casa y enseguida pidió comida.

—Pediremos algo, ¿ok? —dije.

—Pizza. —Sonrió ella.

Pizza, le hubiera dado pizza con piña solo por verla sonreír. ¿Cómo pude pensar alguna vez que era solo una niña malcriada? ¿Cómo fui capaz de dejarla a merced de mi madre y de Larry?

Hunt abrió mi puerta y Lily saltó sin mirar atrás. Estaba segura de que se moría de ganas de jugar con sus muñecas. Salí del coche y la seguí, pero escuché a Zaid llamarme.

Me paré y lo miré. Él estaba mirando la casa con el ceño fruncido.

—¿Por qué estamos aquí? —preguntó.

—Yo estoy aquí porque así lo ha querido Lily. No sé por qué estás tú —respondí.

Zaid dio un paso hacia mí. Estaba furioso y no entendía la razón. ¿Qué mierda quería de mí? Yo no le había pedido nada.

—Sky, ¿me abres? —gritó Lily.

Busqué las llaves en mi bolso y se las extendí a Hunt.

—¿Puedes abrirle?

Él asintió.

No hacía falta girar la cabeza y mirar hacia donde miraba Zaid. Algo me decía que pronto Hunt iba a buscarse otro trabajo.

—Zaid, gracias por venir. No hace falta que te quedes. Mañana después de la cita con el abogado volveré a casa.

—¿Qué casa? —preguntó.

Buena pregunta.

—Lake Spring —dije.

—Mañana volveremos todos —declaró y luego me rodeó y se encaminó hacia la entrada de la casa.

Me apresuré detrás de él y lo alcancé cuando ya había entrado. Estaba mirando con atención la casa y no quería saber lo que le estaba pasando por la cabeza.

∞ ∞ ∞

Estaba cenando con Zaid. Con Lily. Sentados en el suelo del salón de la casa de mi madre, dos cajas de pizza entre nosotros. No parecía real. Nada. Ni Zaid. Ni la risa de la pequeña.

Storm me había enviado un mensaje diciendo que estaba con Z y que vendría mañana antes de la cita con el abogado.

Eso me dejó con la compañía de Lily y Zaid. Y no podía más. Mi dolor de cabeza me estaba pidiendo silencio y descanso, pero todavía faltaba mucho tiempo hasta la hora de dormir de Lily.

—¿No te gusta la pizza, Sky? —me preguntó Lily mirando con la nariz fruncida el trozo de pizza que sostenía en la mano. Era el primero que había cogido y solo lo probé una vez.

—No tengo hambre, Lily —dije dejando caer la pizza en la caja.

Limpié mis dedos con una servilleta y le sonreí a mi hermana. Sentía los ojos de Zaid sobre mí y aunque me costó no le devolví la mirada.

Aguanté hasta la hora del baño, los tres cuentos que pidió Lily y la media hora que dio vueltas antes de quedarse dormida. Por milagro no me quedé dormida a su lado.

Suspirando y maldiciendo mi suerte bajé al salón.

Zaid seguía allí.

Capítulo 17

Sky

Zaid colocó en la estantería la foto que estaba mirando cuando entré en el salón.

—No lo entiendo —dijo él.

—¿Qué es lo que no entiendes? —pregunté.

Me senté en el sofá, solo Dios sabía por qué había mantenido en mis pies esos zapatos de tacón durante todo el día.

—¿Por qué aceptaste volver aquí? Lily es una niña, ella realmente no sabe lo que quiere y aunque lo supiera, eso no significa que tengas que darle todo.

—Porque estoy cansada. Porque está pasando por un mal momento y yo también y prefiero decir que sí a explicar por qué no o lidiar con una rabieta —expliqué.

—Eso a la larga te saldrá caro y...

—¿Y qué, Zaid? Lily es mi hermana, mi responsabilidad y soy yo la que tiene que preocuparse, la que decide lo que se hace y lo que no. ¿Vale? Vale. Ahora, creo que sería mejor si te fueras a dormir a un hotel. Aquí no hay sitio para ti.

—No, gracias, me quedaré.

—¡Dios! Ok, quédate —espeté.

Me quité los zapatos, tiré de las horquillas de mi cabello y cogiendo la manta que estaba sobre el respaldo del sofá me tumbé y cerré los ojos.

¡Jesús! Por fin, podía dormir.

—¿Qué estás haciendo? —preguntó Zaid.

—Dormir, ¿no es obvio? —respondí sin abrir los ojos.

—Normalmente se duerme en una cama.

—¡Joder, Zaid! —exclamé. Me senté en el sofá y lo miré—. Lily está durmiendo en la habitación de Storm, la mía la han convertido en gimnasio, la de Bruce sigue intacta pero no voy a dormir en esa cama como tampoco tengo ganas de dormir en la que mi madre compartió con Larry. Así que el sofá es mi única opción y no me hagas pensar demasiado porque encontraré mil razones por las que debería sacarlo al patio y quemarlo. ¿Ok? Y estoy cansada, me duele todo y solo quiero cerrar los ojos. Por favor, quédate, vete, da igual, pero por favor, déjame dormir.

Como Zaid tardaba en contestar y seguía mirándome de una manera muy extraña volví a tumbarme. No me importaba si se quedaba o se iba, bueno, prefería que se fuera. Entonces podría llorar tranquila.

Pero los segundos pasaban y no escuchaba pasos, solo el ruido de ropa. La curiosidad me estaba matando, pero también lo estaba haciendo la luz cuando abría los ojos así que seguí ahí quieta hasta que sentí que me estaba quitando la manta.

—¿Qué estás haciendo? —pregunté viendo a Zaid al lado del sofá, la manta en sus manos.

Lo que no vi fue ropa. Su ropa había desaparecido. Pantalones. Camisa. Solo quedaban los bóxeres negros.

—Dormir, ¿no es obvio? —dijo él.

Soltó la manta y se agachó. Me cogió en sus brazos y ni siquiera me dio tiempo a abrir la boca antes de encontrarme tumbada de nuevo. Esta vez sobre él.

—¿Qué diablos, Zaid?

Nos cubrió con la manta. Deslizó la mano en mi cabello y empezó a masajear mi cabeza.

—Duérmete —ordenó.

—Pero...

—Lily se puede despertar en cualquier momento. Duérmete —gruñó.

Esperaba que no. Anoche no lo hizo, pero ese no era el asunto. Yo no quería estar aquí. No usando el cuerpo duro de Zaid como colchón. Sin embargo, con cada momento que pasaba, con cada caricia de sus dedos me encontraba más cerca de lo que había querido todo el día.

Descanso. Paz.

∞ ∞ ∞

Los labios me besaban. Las manos se movían hacia abajo en mi espalda, muy abajo entre mis piernas. Luego se detuvieron. Luego se movieron de nuevo. Algo duro estaba debajo de mí. Duro y caliente. Se sentía tan bien que gemí, me acurruqué y sonreí.

Y luego escuché una risita de niña.

Abrí los ojos y vi la cara divertida de mi hermana pequeña.

—Buenos días —susurró ella entre risitas.

—Buenos días —le respondió una voz de hombre. El mismo hombre que estaba debajo de mí.

—Lily, cielo, ¿por qué no subes a lavarte la cara? Dentro de un minuto subiré a ayudarte con el cabello, ¿ok?

La vi alejarse y cuando escuché sus pasos subiendo las escaleras, puse mis manos sobre el pecho de Zaid y me empujé hacia arriba. Sí, no llegué demasiado lejos.

—Quédate —dijo.

—¿Quedarme para qué? —pregunté.

—Quédate para darte lo que me pediste cuando estabas medio dormida.

Me sonrojé. Maldita sea. No fue un sueño o lo fue, pero de alguna manera se mezcló con la realidad. Y sí, me vendría bien un orgasmo o dos, pero este hombre era mi marido. El hombre que dijo que si quería algo debía pedírselo a su guardaespaldas, el hombre que dejó de hablarme cuando olvidé mi teléfono.

Sí. No va a pasar.

—Tú lo dijiste, estaba medio dormida. Así que no, gracias.

Había una nueva mirada en sus ojos. No era buena. Era aterradora, no Bruce o Larry aterradora, solo el tipo de mirada que helaba tu sangre porque sabías que lo que seguía iba a romperte en mil pedazos.

—Han pasado meses y es hora de que me des lo que prometiste. Un hijo. Comenzaremos esta noche.

Mierda.

No le di tiempo para detenerme esta vez. Me puse de pie y corrí hasta el baño. Cerré la puerta y me deslicé hacia abajo, con la espalda apoyada en la puerta, el trasero en el suelo blanco grisáceo y los ojos en el lugar exacto donde murió Bruce.

Mierda.

Era karma

Tomé una vida y este era mi castigo. No puedes luchar contra el karma. Eso decía la abuela.

Menudo negocio había hecho Zaid conmigo. Le había salido mal, pero el problema era cómo decirle. Era obvio que debía decirle la verdad.

¿Me creería?

¿Le importaría?

¿Cuánto tardaría en anular nuestro matrimonio?

Tendría tiempo durante el vuelo a casa para pensar en

algo, tiempo que no tenía ahora. Salí del baño y fui a buscar a Lily. La ayudé con su rutina de mañana, luego la dejé jugando mientras tomaba una ducha.

Al salir encontré a Zaid escuchando atentamente la historia de una de las muñecas de Lily. Para alguien que decía que la niña no era su responsabilidad le estaba prestando mucha atención.

—Lily, nos tenemos que ir —dije.

—¿Y el desayuno? —preguntó la pequeña.

—Tomaremos algo en la ciudad, ¿qué te parece? —propuso Zaid.

¿Tomaremos?

Entonces noté que él se había duchado y cambiado de ropa. ¿Cuándo diablos le había dado tiempo?

Él se puso de pie y me miró levantando una ceja. Me di la vuelta sin responderle. Hunt nos esperaba abajo y tuve mucho cuidado de no mirarlo demasiado. No me apetecía otra crisis de celos de Zaid.

Pero ¿eran celos o era otra cosa? Porque para sentir celos tienes que sentir amor y Zaid no me amaba.

Íbamos justos de tiempo, pero Lily era un pequeño demonio cuando tenía hambre y yo necesitaba café así que paramos en la cafetería para desayunar. La dueña era la hija de una de las antiguas amigas de la abuela. La más cotilla y su hija era igual.

Maldije en mi mente cuando la vi salir detrás del mostrador y adelantar a la camarera que venía a llevarnos a una mesa.

—Sky, que bueno verte —dijo Sara, la dueña.

—Sara. —Sonreí y ella no sabía dónde mirar, si a mi ropa, si a la niña que sostenía la mano de Zaid, si a Zaid—. Tenemos un poco de prisa.

—Ah, claro, claro. Tienes cita con Patrick.

Patrick era el abogado, que también era el primo de Sara y estaba casado con la alcaldesa.

Sara no paró de hablar mientras tomaba nota de nuestros pedidos.

—Interesante pueblo —murmuró Zaid cuando Sara se fue prometiendo volver en un minuto con mi café.

—Si tú lo dices.

El desayuno fue un momento nada agradable. Sentía las miradas de todos analizando cada movimiento mío y de Zaid. Luego estaba él, mi marido, que no entendía por qué había insistido en acompañarnos.

La única parte entretenida fue la charla sin parar de Lily. Habló de todo, de juguetes, de esa muñeca que le gustaba tanto y que le había regalado Zaid, pero que olvidó en casa porque, obvio, dijo que le metí prisa y olvidó cogerla.

Cosas de niños.

Después de una eternidad que no fue más de treinta minutos llegamos a la oficina del abogado. Storm ya nos estaba esperando y entramos enseguida. La cita terminó rápido. Mi madre y Larry tenían un testamento en común y nos nombraron a las dos tutoras de Lily.

El dinero era suyo también. La casa de ellos, la de la abuela. Todo.

Planeaba vender las dos y poner el dinero en una cuenta para ella. Este era mi pueblo natal, pero lo único bueno que tenía había sido la abuela. Nada más valía la pena.

En cuanto salimos del despacho fuimos a casa a recoger las muñecas de Lily y un montón de cosas más que quería llevarse y Hunt nos llevó al aeropuerto. Storm desapareció de nuevo con Z.

No dijo nada. No pregunté nada.

Y Zaid, pues mi marido nos acompañó en todo momento. Mientras recogíamos juguetes, durante el vuelo y después. A mí me trató como si fuera invisible y a Lily como si fuera su persona favorita.

Llegamos a casa y después de una cena rara por fin pude acostar a Lily. Luego me di cuenta de que Zaid quería empezar esta noche. Quería tener un hijo conmigo.

Después de un baño caliente y largo, había decidido tomar un baño pensando que Zaid se aburriría de esperarme, me metí en la cama. Recé para quedarme dormida rápido, pero el sueño no llegó a pesar de estar muy cansada.

Pero fingí, eran las diez cuando se abrió la puerta del dormitorio y escuché los pasos de Zaid. Fingí dormir, aunque sabía muy bien que eso no era un problema para él. No sería la primera vez que me despertaba para hacerme el amor, bueno, para tener relaciones sexuales.

El hacer el amor era para las personas que se amaban.

No obstante, esta noche no fue una de esas noches. Sentí la cama moverse cuando él se tumbó a mi lado, pero eso fue todo. No me tocó. No me habló.

No sabría mentir bien, pero por lo menos podía fingir que dormía.

Esa noche me libré de mi deber matrimonial. La siguiente ya no.

Justo estaba saliendo del cuarto de baño cuando Zaid entró en el dormitorio. Había usado otro cuarto de baño e iba con el cabello mojado. Me miró y leí en su expresión qué era lo que deseaba.

—No puedo tener hijos —dije rápidamente.

Se detuvo justo ahí y la forma en la que me miró me hizo sentir como si mi vida estuviera a punto de terminar.

—Me mentiste —dijo.

—No, Zaid, no lo hice, sabes que nunca podría mentirte.

—¿Lo sé, Sky? ¿Sé algo sobre ti, algo real?

Zaid se dio la vuelta, abrió la puerta y me miró antes de salir.

—Esto lo cambia todo —dijo justo antes de cerrar la puerta.

Sí.

Ya lo sabía, lo estaba esperando.

Era viernes por la noche y me quedé despierta hasta el amanecer esperando a Zaid. Necesitaba explicarle lo que pasó. No volvió a nuestra habitación y fui a buscarlo. Lo encontré en uno de los dormitorios de invitados. Dormido.

Lentamente cerré la puerta. Despertarlo solo para que escuchara mis excusas era una mala idea. Podría hacerlo mañana.

Pero mañana era sábado y Aya apareció temprano en la casa, necesitaba que la lleváramos a Nueva York. Este sábado era el turno de Isabella de acoger el almuerzo en su residencia de Nueva York.

—Tal vez debería quedarme en casa hoy —le susurré a Zaid mientras Lily conversaba con Aya en la isla de la cocina.

—Ve a prepararte, nos vamos en treinta minutos —gruñó.

Fuimos en coche a la ciudad. Aya y Lily en los asientos traseros, hablando y riendo. Zaid conducía, sus ojos en la carretera, sus manos agarrando fuerte el volante y yo pasé todo ese tiempo pensando en el futuro.

¿Qué futuro?

¿Por qué me importaba?

El almuerzo no fue como ya me había acostumbrado. Había un silencio, una tensión que incomodaba en el ambiente y no sabía si era por mi culpa. Sonreí, conversé y por unos momentos fingí que nada estaba mal con mi vida.

Se acercaba la hora de marcharnos y Lily no estaba en ningún lugar. Los otros niños dijeron que estaban jugando al escondite y que todavía no la habían encontrado. Pasó media hora y ni los pequeños ni yo fuimos capaces de encontrarla.

Iba corriendo por un pasillo de la enorme casa de Isabella cuando choqué con Zaid.

—Cuidado, Sky —gruñó él.

—No puedo encontrar a Lily —dije.

Estaba asustada porque llevaba más de una hora desaparecida. Una hora era una eternidad si la vida de alguien estuviera en peligro. ¿Y si se había caído? ¿Y sí? La lista era tan larga y los escenarios tan horribles que ni siquiera me di cuenta de que estaba llorando hasta que Zaid secó mis lágrimas con sus dedos.

—No puede estar lejos —me aseguró él—. Pero, de todos modos, vamos a pedir ayuda.

Con la ayuda de Isabella que por lo visto tenía cámaras de vigilancia en toda la casa la encontramos en una de las habitaciones del ático. En un armario. A oscuras. Llorando.

—No tengo mamá —lloró ella cuando abrí las puertas del armario.

Me sentí aliviada de que finalmente mostrara algún tipo de emoción, pero por otro lado estaba abrumada porque no sabía cómo hacerla sentir mejor. Me senté a su lado en ese armario, cerré las puertas y la abracé.

¿Y por qué mentir? Yo también lloré.

—No quiero ir a un orfanato —murmuró Lily.

—Cielo, no irás a un orfanato. Me tienes a mí, a Storm.

—No, Storm no me quiere y tú no tienes dinero, terminarás viviendo debajo de un puente cuando Zaid solicite el divorcio. No tengo una mamá. No tengo nada.

—Lily —dije levantando su cabeza de mi pecho y mirándola a los ojos—. Storm te quiere, ¿ok? Nunca puedes dudar de su amor, eres su hermana y eso nada lo cambiará.

—Mi padre fue malo con ella —empezó a decir.

—Lily, ¿quién te lo dijo? —le interrumpí.

—Nadie, escuché a Zaid hablar con Z. Por eso sé que te vas a divorciar, que no tendrás dinero para mantenerme y que Storm no me querrá en su casa.

¡Ese bastardo!

Lily continuó hablando y averigüé que ella estaba escondida debajo del escritorio en la biblioteca cuando Zaid hablaba con su primo. Algunas de las cosas no cuadraban tal vez porque Lily no había escuchado bien o yo no quería admitir la verdad.

Que Zaid no era el hombre bueno que pensaba que era.

¡A la mierda con todo!

—Escúchame bien, Lily. Eres mi hermana y te protegeré el resto de mi vida, ¿ok? Y si tengo que vivir debajo de un puente estarás a mi lado, no en un orfanato miserable. Somos familia y la familia se mantiene unida pase lo que pase.

—Eres mi hermana —susurró ella.

—Sí.

—Pero yo quiero una mamá —dijo y mi corazón se encogió.

—¿Puedo contarte un secreto? —murmuré, Lily asintió —. Yo quiero ser mamá, pero no puedo tener hijos. ¿Crees que podemos llegar a un acuerdo? Puedo ser tu mamá.

Ni había pronunciado bien las palabras y Lily ya estaba asintiendo con la cabeza.

Al final mi madre había hecho algo bien.

Al final todo pasaba por algo.

Salimos de ese armario y nadie preguntó por qué teníamos los ojos rojos. Zaid nos miró preocupado hasta que yo le devolví la mirada y considerando que no era estúpido entendió que yo estaba enojada.

Aunque hubiera preferido que entendiera que quería verlo muerto. Bueno, no muerto, pero fuera de mi vida y con un poco de suerte iba a conseguirlo pronto.

—Avísame si necesitas algo de mí para el divorcio —le dije antes de subir al coche.

Me senté atrás con Lily y él solo delante.

Ya en casa subí con Lily a su habitación y me quedé ahí toda la noche.

A Zaid no volví a verlo. Ni el domingo ni los días siguientes y fue Hunt el que me dijo que estaba de viaje a Londres. Aproveché ese viaje para llamar a Isabella y pedirle una cita.

Hunt también me ayudó con la niñera, era una de las empleadas de confianza de la familia y la necesitaba para cuidar a Lily ya que mi hermana había vuelto a desaparecer y no contestaba a las llamadas.

Mis piernas estaban temblando cuando me senté en la consulta de Isabella, pero mi corazón latía fuerte. Estaba decidida y tenía fe y esperanza.

—¿Qué pasa, Sky? —me preguntó ella.

—Esto pasa —dije entregándole la carpeta que había recibido en la consulta hace semanas.

Ella la cogió, la abrió y tardó un instante en maldecir.

—¡Jesús Cristo, Sky! ¿Por qué no me lo dijiste antes? —espetó ella.

—Estuve... ocupada —dije.

—¿Ocupada? ¿Ocupada? —ella ya estaba gritando y se

puso de pie—. ¡Joder con los jóvenes! ¿No sabéis que con la salud no se juega?

Tenía razón así que me quedé quieta mientras ella maldecía y murmuraba sobre mi irresponsabilidad.

De repente, se detuvo y me miró.

—¿Zaid dónde está?

Me encogí de hombros.

—Creo que está en Londres, pero esto no le incumbe a él —dije.

—Es tu marido —espetó Isabella.

—Eres una mujer lista, Isabella, no me digas que te has creído la historia del amor a primera vista.

—De hecho, sí, me la he creído —admitió ella sentándose de nuevo en su silla detrás del escritorio—. Pero primero vamos a ver si puedo salvarte la vida, luego hablaremos de ti y de ese sobrino mío que parece haber heredado la idiotez tan común en los hombres de mi familia.

Luego, Isabella me dejó al cuidado de una enfermera que me llevó a hacer mil y una pruebas antes de pasar al quirófano. No pensé. No recé.

Pasaría lo que tenía que pasar.

Capítulo 18

Zaid

—Señor, ¿a dónde le llevo?

Miré al conductor que estaba esperando pacientemente mis instrucciones. Eran las diez de la noche, acababa de volver de Londres y lo único que sabía era que no quería estar solo. Le di la dirección del club de Z.

Él siempre estaba ahí y aunque no me apetecía nada pasar la noche rodeado de música, ruido y desconocidos era mejor que irme a casa.

Ella estaba ahí.

Mi esposa. Mi futura exesposa.

Encontré a Z en su despacho y por su cara diría que a él tampoco le iba muy bien.

—¿Me atrevo a preguntar? —dije echando dos dedos de whisky en una copa.

Z sacudió la cabeza, se reclinó en su silla y luego le dio la vuelta. Su despacho estaba en lo alto del edificio con vistas hacia el club. Abajo se veían todas las personas que venían a pasar un buen rato en uno de los clubes más exclusivos de la ciudad.

A Z le encantaba la vida en Nueva York, los negocios, el ajetreo, las mujeres y estaba disfrutando de todo porque sabía que el día que más temía llegaría. El día en el que debería coger las riendas de su país. De nuestro país.

El país era el orgullo de nuestro abuelo, mi padre había

rechazado el deber y la herencia. Lo hizo por amor, pero aun así sentía el mismo amor y orgullo hacia el país. Nosotros no, pero eso era algo que era un secreto entre nosotros dos.

Caminé hasta el gran ventanal y miré el mar de personas.

—El amor lo complica todo —dijo Z.

—¿Amor? ¿De qué estás hablando?

—¿Quieres decir que tu visita se debe a que me echabas de menos a mí? —preguntó Z—. Yo pensaba que era porque no querías ir a casa y entregarle los papeles de divorcio a tu mentirosa esposa.

—Sky no...

Quería decir que mi mujer no era una mentirosa. Quería defenderla, pero Z tenía razón. Sky me había mentido. Lo sabía, maldita sea, sabía que lo que deseaba de ella era un heredero. Y ella aceptó casarse conmigo sabiendo que no podía tener hijos.

Entendía sus razones.

Tenía que proteger a su hermana. La admiraba por sacrificarse por su familia, pero no podía perdonar su mentira. Además, me había prometido que nunca lo haría, que nunca me mentiría.

Y ahora dudaba de todo lo que me había contado.

—Justo lo que decía —gruñó Z.

—Entonces supongo que tu relación con Storm va muy bien, ¿verdad, primo?

—¿Qué relación?

Me hubiera echado a reír, pero era demasiado triste. Ahí estábamos, dos de los solteros más codiciados de la ciudad, del maldito mundo, bebiendo solos y hablando de las mujeres que habían puesto nuestra vida patas arriba.

—No tuviste una despedida de soltero. ¿Por qué no hacemos una de casado? —propuso Z.

—¿Por qué no? —Sonreí.

Y mi primo me devolvió la sonrisa mientras cogía el teléfono. En un cuarto de hora bajamos al club para la fiesta. Bebimos que era lo mismo que podíamos haber hecho arriba, pero aquí abajo rodeados de mujeres y con la música a tope podíamos fingir que nos estábamos divirtiendo.

A las seis de la madrugada entré por la puerta de mi ático. Estaba borracho, pero no tanto como para no notar el silencio. El vacío. No había ni un ruido, ni un olor a galletas o a bizcocho, ni risas, ni canciones infantiles sonando en los altavoces.

Sky no estaba. Lily tampoco.

Pero nunca estuvieron aquí me dije a mi mismo mientras caminaba hacia mi dormitorio. Y estaba bien así. Había creído que necesitaba una esposa, una familia, pero estaba equivocado.

Las mujeres no eran de fiar. Mentían. Salían de casa sin teléfono. Se marchaban sin decir a donde y luego pasabas momentos horribles mientras te preguntabas si les había ocurrido algo.

No, no se podía confiar en las mujeres.

Estaba mejor sin ellas.

Sin ella.

∞ ∞ ∞

A las once cincuenta y cinco de la mañana aparcaba mi coche frente a la casa de mi tío Pablo y tía Ava. Mi cabeza estaba a punto de estallar y dudaba mucho que fuera a poder comer algo, pero la resaca no era una buena excusa para no ir al almuerzo.

Me pregunté si Sky iba a estar aquí. Yo no le había pedido venir y no esperaba verla, pero nada más entrar tropecé con Lily que iba detrás de un perro que corría para salvar su vida, mejor dicho, su pellejo ya que la pequeña llevaba un peine y unos lazos rojos en la mano.

Si Lily estaba aquí Sky también.

Podía aprovechar el momento y darle los papeles de divorcio. A ella le gustaba mi familia y no haría una escena enfrente de ellos.

¡Joder! ¿Cuándo me había convertido en un canalla como Z?

Me dolía demasiado la cabeza para investigar a lo que se debían las miradas que intercambiaron mis tías. Les sonreí y fui a buscar a la cocinera que sabía preparar una bebida asquerosa, pero que quitaba la resaca en menos de cinco minutos.

Estaba en la cocina, bebiendo ese brebaje horrible cuando vi a Lily salir al jardín. Seguía corriendo detrás de ese perro y no miraba por donde iba. Chocó con Sky, pero se echó a reír y siguió corriendo.

Algo en la manera en la que Sky se mantenía de pie llamó mi atención. Estaba lejos, pero aun así pude ver su rostro pálido y cuando se encaminó hacia la casa dejé el vaso sobre la encimera y fui a su encuentro.

No me moví demasiado rápido, vi su falda roja justo cuando cerraba la puerta del cuarto de baño.

—Maldición —gruñí.

Quise darme la vuelta y marcharme, pero algo me instaba a quedarme así que esperé. Un minuto, dos, cinco. Llamé a la puerta y una voz que no sonaba nada a la de Sky me dijo que estaba ocupado.

¿Con quién diablos estaba ahí dentro?

Cegado por los celos abrí la puerta.

Maldije de nuevo, pero esta vez me maldije a mí mismo por ser tan cabrón, por esperar demasiado afuera cuando Sky estaba tumbada en el suelo.

Ella estaba adolorida. Estaba escrito en toda su cara y su cuerpo. Estaba tan pálida que, si no me mirara, pensaría que está muerta.

—Sky —me arrodillé junto a ella.

—Estoy bien —dijo ella.

—¿Qué dije sobre mentirme? —pregunté pasando mi brazo por su espalda, el otro debajo de sus piernas y levantándola.

—Dijiste... —Sky se detuvo para tomar aire.

Ella también estaba caliente. Debía tener fiebre.

Salí del baño y me dirigí a los dormitorios.

—Dile a Isabella que la necesito —le dije a la primera persona que vi. Era Hunt.

Me miró, luego bajó la mirada y no me gustó lo que vi en sus ojos cuando miró a Sky.

—Ahora —gruñí.

Hunt se apresuró fuera de mi camino.

Había perdido la maldita cabeza. Yo tenía todo lo que una mujer deseaba. La apariencia, el cuerpo, el dinero, la mente. Y aun así por un momento pensé que no era suficiente para Sky, que ella era capaz de engañarme con Hunt.

La tumbé en la primera habitación que encontré. Gimió y murmuró algo. En ese mismo momento Isabella llegó.

—¿Qué pasó? —preguntó yendo deprisa hacia Sky.

—La encontré en el cuarto de baño, creo que tiene fiebre —dije.

Sin embargo, Isabella a pesar de que llevaba su maletín no comprobó la temperatura de Sky. Le levantó el jersey y bajó la falda dejando al descubierto su abdomen.

—¿Qué diablos, Isabella? —gruñí al ver la venda en la parte

baja del abdomen de mi mujer.

Ella maldijo al echar un vistazo debajo de la venda.

—Necesitamos ir al hospital. Ahora.

Sabía suficiente como para entender que la situación era grave. Cogí a Sky en mis brazos, ella ya estaba medio dormida o inconsciente y caminé lo más rápido posible detrás de Isabella.

Ella estaba gritando órdenes en su teléfono y en lo que parecía una eternidad conseguimos salir de la casa y subir al helicóptero que nos esperaba en el patio trasero de la casa.

—Lily —murmuró Sky.

—Aya está con ella —dijo Isabella, pero Sky cerró los ojos.

—¿Debería dormir? —pregunté a Isabella.

—Su cuerpo sabe mejor lo que le conviene —murmuró ella.

—Ya, ¿y vas a decirme qué mierda está pasando con mi esposa o vas a seguir mirando tu teléfono como si nada? —gruñí.

Isabella levantó la mirada del teléfono y esa era la mirada que de pequeño me acojonaba y me hacía correr a los brazos de mi madre. Pero ahora no, mi esposa estaba en mis brazos inconsciente, tenía una herida en el abdomen y mi tía, la doctora, se estaba comportando como si esto fuera algo habitual.

Lo era.

Las emergencias eran su día a día, pero para mí no.

Mi esposa no estaba bien y no saber qué estaba pasando era un infierno.

—Tengo instrucciones de tu esposa y son muy claras, su estado de salud no es asunto tuyo —dijo Isabella.

—¿Qué estás diciendo? Es mi esposa.

—Ella no dijo lo mismo, de hecho, creo que mencionó un divorcio, pero primero dijo algo sobre un acuerdo. Un matrimonio de conveniencia, ¿sabes algo de eso, sobrino?

—Lo único que sé y que importa es que Sky es mi esposa —declaré.

Isabella sonrió.

—Ok.

—¡Jesús, Isabella! Dime algo —imploré.

—Era una situación complicada que conseguimos resolver, pero que ha vuelto a complicarse. Es todo lo que puedo decir.

Abracé a Sky. Las palabras de Isabella no sonaban bien. Tenía plena confianza en mi tía, era un genio de la medicina, pero hoy esa confianza había disminuido, casi podía decir que había desaparecido.

Podía perder a mi esposa.

Para siempre.

Fue una estupidez, una completa locura desde el primer momento. Pensaba que solo era atracción y que después de unas noches iba a desaparecer. Pensaba que no sería mala idea tener un hijo con ese cabello loco suyo o una hija con su sonrisa y sus ojos.

Pensaba que iba a ser una buena madre.

Eso pensaba cuando le propuse ese acuerdo estúpido.

Fui un idiota.

La atracción era mucho más que atracción. Tardó poco en convertirse en amor, pero como soy tan idiota me negué a aceptarlo. Me comporté como un cabrón.

Y ahora podía perderla. Podía ser mi única oportunidad de decirle a mi esposa lo que sentía por ella así que presioné mis labios contra su oído y murmuré: —Te amo, Sky.

Luego aterrizamos y tumbé a Sky sobre una camilla. Después desaparecieron dentro de un ascensor. Isabella. Las enfermeras. Sky.

Me quedé en la azotea del hospital, el viento soplando fuerte, el miedo encogiendo mi corazón.

Esto era lo que no quería. No quería el miedo. No quería el amor.

No obstante, era demasiado tarde.

Sky tenía mi corazón. Si salía bien de esto entonces haría todo lo posible para convencerla de que merecía una segunda oportunidad y la aprovecharía para enamorarla perdidamente. Ella sentía algo, pero no era suficiente.

Yo lo quería todo.

Y si no salía bien… no, no era posible. No iba a perderla.

Tenía fe en Isabella. En Sky. En el destino.

∞ ∞ ∞

Dos horas y treinta minutos más tarde ya no tenía fe en nada y en nadie.

Toda la familia estaba aquí, las únicas que faltaban eran Aya y Lily que se habían quedado en casa viendo una película. La pequeña no sabía nada de Sky y esperaba no tener que ir y decirle que había perdido a otro miembro de su familia.

Necesitaba silencio, pero mi familia era de todo menos silenciosa. Apreciaba el apoyo, pero necesitaba estar solo para seguir culpándome por lo que le había ocurrido a Sky.

Una situación complicada había dicho Isabella.

¿Qué situación?

¿Alguien se había atrevido a hacerle daño a Sky? Podría ser que alguno de los familiares de su padrastro averiguara la verdad y había querido vengarse.

Pero era imposible, si Ava y Vladimir se encargaban de una

situación no dejaban cabos sueltos. Ese secreto estaba enterrado y bien enterrado. Además, alguien me hubiera avisado si la vida de Sky corría peligro.

Me hubieran avisado, ¿verdad?

Mirándolos mejor me di cuenta de que algo no cuadraba. Nadie me había preguntado qué había pasado. Nadie se me había acercado para decirme que todo iba a salir bien.

—Te acabas de dar cuenta, ¿no? —murmuró Ivy.

—¿Darme cuenta de qué?

—De que eres el villano de esta historia.

Me hubiera gustado negarlo, pero era verdad. No era mi culpa que Sky estuviera en ese quirófano, pero no había sido correcto con ella. No obstante, eso no me convertía en el malo de la historia.

O eso creía yo, por las miradas de mi familia diría que ellos pensaban justo lo contrario.

—Verás, Sky necesitaba un príncipe que la rescatara del dragón y ya sabes cómo es esta familia con las damiselas en apuros, la rescataste, pero no le diste tu corazón y eso es el peor crimen que podías cometer —dijo Ivy.

—Algún día seremos como ellos —murmuré mirando a mi madre susurrándole algo a Ava.

—¡Dios, no! Yo me marcharé —exclamó Ivy.

Ava, que siempre había sospechado que tenía súper poderes, pareció escucharla y la miró frunciendo el ceño.

—O no —le susurré a mi prima.

Ivy era la única de los hijos de Ava que había decidido seguir los pasos de la madre. Era buena, pero todavía era muy joven y le faltaba mucha experiencia que nunca iba a conseguir si seguía trabajando con Ava y Vladimir.

∞∞∞

Tres horas y cincuenta minutos estuvo Isabella en ese quirófano, pero salió con buenas noticias. Sky estaba bien, iba a tardar un tiempo en recuperarse, pero estaba bien.

Cuando se despertó de la anestesia preguntó por su hermana y cuando le dije que estaba bien volvió a dormirse. Pasé toda la noche sentado en la silla. Marcharme no era una opción.

Era de madrugada cuando Sky se despertó de verdad. Su mirada ya no estaba nublada por el dolor.

—¿Qué pasó? —preguntó.

—Tendrás que preguntarle a Isabella. Por lo visto no tengo derecho a saber más que una situación complicada volvió a complicarse, pero estás bien. Estarás bien, eso dijo cuando salió del quirófano.

—Estaré bien —murmuró Sky apartando la mirada.

—Pero yo no.

Giró la cabeza hacia mí.

—¿Tú no?

—Yo no, Sky —gruñí —. Te encontré medio inconsciente en el cuarto de baño, no sabía qué te estaba pasando, si habías sido herida o era otra cosa. No sabía nada. ¿Sabes lo que sentí en ese momento, Sky?

—Me imagino que lo mismo que sentí yo cuando me acusaste de mentir sin dejar que me explicara.

¡Joder!

Me puse de pie y me encaminé hacia la puerta. No me di cuenta de que lo había hecho hasta verme extender la mano para abrirla. No quería irme, pero tampoco quería quedarme porque no tenía ni idea de cómo decir lo que tenía que decir.

Lo hice antes, pero Sky estaba medio ida. Si no podía escucharme y replicar no contaba.

Me di la vuelta, pero me quedé en el mismo lugar. Sky me miraba sorprendida. Seguramente pensaba que me iría. Pues ya éramos dos.

—¿Recuerdas el día que Storm y Lily tuvieron el accidente en el parque? —pregunté.

—Sí —susurró ella.

—Storm me llamó. Estaba llorando y no pude entender mucho. Solo la palabra accidente, Sky y hospital. Me fui al hospital y durante esos diez minutos interminables pensé en ti, en que alguien iba a decirme que habías muerto. Sentí miedo, Sky, más miedo de lo que había sentido en mi vida y esto era justo lo que quería evitar cuando te propuse matrimonio. No quería amarte, no quería sentir nada por ti.

—Ya.

—¿Ya? ¡Joder! ¿Eso es todo lo que tienes que decir? —gruñí.

—¿Qué quieres escuchar, Zaid? ¿Lo siento? La vida es así, no puedes protegerte de todo y de todos, sufrir es igual a vivir. No hay una sin la otra. Todo lo que puedo hacer es marcharme de tu vida y podrás buscar otra esposa, una que sea justo como querías. Sin complicaciones.

—No he dicho que quiero que te vayas.

Sky se quedó sin palabras. Me acerqué a la cama y me senté en un extremo, luego apoyé las manos en su almohada, me incliné y la miré a los ojos.

—He llegado a la conclusión de que quiero complicaciones. Te quiero a ti. A ti, Sky. Hoy, mañana, para siempre.

—Oh —suspiró.

Esperé, porque oh no podía ser lo único que decía la primera mujer a la que me declaraba.

Mi espera fue en vano.

Sky no habló. Lo único que hizo fue apartar la mirada.

Ahí estaba su respuesta. Yo la quería, pero ella no me quería a mí. Podía insistir. Podía conquistarla. Sabía que podía, pero ¿era justo?

El amor era complicado y pensaba que no lo quería, no lo necesitaba, pero estaba descubriendo que no me conformaría con nada menos que el amor verdadero.

Me incliné y presioné los labios sobre la frente de Sky. Luego me puse de pie, me di la vuelta y me marché de su habitación. Me hubiera marchado de su vida, pero todavía no era posible.

Mientras esperaba el ascensor metí la mano en el bolsillo de mi pantalón y mis dedos tocaron algo. Saqué los dos anillos que una de las enfermeras me había entregado poco después de haber llegado al hospital.

Sky era mi esposa. Hice unas promesas, unos juramentos que nos ataban juntos hasta el fin de nuestras vidas.

Cometí algunos errores, la situación era complicada y no quería forzarla a quedarse en un matrimonio indeseado, pero ¿estaba preparado para perderla para siempre?

¿Conquistarla sería tan injusto? Convencerla de que su lugar está a mi lado no puede ser malo, ¿no? La amaba, por primera vez en mi vida amaba a una mujer y la dejaba irse de mi lado por unos malditos malentendidos.

La idiotez de los hombres enamorados.

Capítulo 19

Sky

Se marchó.

Zaid simplemente se marchó.

El hombre no era idiota, era el jefe de idiotas.

Ni siquiera había tenido el tiempo suficiente para entender sus palabras. Quería complicaciones, ok, entonces ¿por qué se había marchado?

Suspirando cerré los ojos. Me sentía como si hubiera chocado con un camión, la sensación era familiar, demasiado reciente. Me había sentido de la misma manera la primera vez que había despertado de la cirugía.

Isabella me había salvado la vida.

La recuperación no fue ni larga ni difícil. Veinticuatro horas después estaba ya en casa, una enfermera cuidándome día y noche. Aunque no la necesitaba, Isabella había insistido.

Estuve sola.

Zaid no había vuelto de su viaje y eso me ahorró unas mentiras porque no planeaba decirle la verdad. Nunca.

Mi única compañía fue Lily, su niñera y la enfermera. Y Hunt que estuvo pendiente de mi todo el tiempo. Mantuvo un trato normal, profesional, pero cada mañana y cada noche me preguntaba si necesitaba algo.

Intenté mirarlo de manera diferente, de una manera

romántica, pero me fue imposible. Hunt era un hombre guapo, pero no sentía nada cuando lo miraba. Ni mariposas en el estómago, ni cosquillas. Nada en ninguna parte de mi cuerpo.

Solía sentir mariposas cuando pensaba en Zaid y las malditas cabronas tomaban vuelo cuando él me miraba, cuando me sonreía, cuando me tocaba.

No sé cuándo pasó, pero pasó. Amaba a Zaid a pesar de que él no me amaba a mí, a pesar de su comportamiento frío. Y pensaba que él no sentía lo mismo.

Bueno, pues teniendo en cuenta sus últimas palabras estaba equivocada.

Zaid me amaba, pero tenía una manera muy rara de demostrarlo.

No obstante, se marchó y yo no podía seguirlo. Tenía agujas en los brazos y tubos en todas partes, además de que el dolor volvía poco a poco. Seguirlo y decirle que yo no quería marcharme de su vida, que no quería el divorcio no era una opción.

Ahora mismo no.

Y entonces escuché el sonido de la puerta. Y pasos.

¿Podría ser?

Abrí los ojos.

—No me importa —declaró Zaid inclinándose sobre mí—. No me importa si es justo o no, haré que me ames. No me importa si tengo que perseguirte el resto de mi vida, lo conseguiré, Sky, porque eres la mujer que amo. Me niego a vivir sin ti. Me hiciste amarte y tienes que quedarte a mi lado, tienes que amarme.

—¿Tengo que amarte? —murmuré.

—Sí, haré que te enamores, haré que no puedas vivir sin mí. Seré el único hombre que pueda hacerte feliz, sonreír. Seré el esposo perfecto porque es justo lo que necesita una esposa perfecta. Y lo eres, Sky, me negué a verlo, pero eres la mujer de mi vida. La mujer perfecta para mí. Así que, justo o no, te enamoraré —dijo Zaid, colocando algo en mi mano y apretar mis dedos en un puño—. Estos son tus anillos, guárdalos y cuando logre ganar tu amor podrás usarlos de nuevo.

Oh.

Mi boca se movió, pero el sonido no salió de mi boca.

¿Sabes lo que se siente cuando tienes delante de ti todo lo que has soñado? Pero sabes que no puede ser. Sabes que es un sueño que nunca se podrá cumplir.

—Quieres hijos —susurré.

Su expresión no cambió.

—Tenemos a Lily y podemos adoptar.

¿Estaba pasando?

¿Era verdad o seguía bajo los efectos de la anestesia? ¿O tal vez ya estaba muerta y eso era una tortura del infierno?

—Esperaré, pero no sin hacer nada, nena. Haré todo lo posible para ganarme tu amor —dijo Zaid.

—Espera, pero afuera —dijo Isabella.

No la había escuchado entrar, Zaid tampoco, pero a él no parecía importarle que su tía lo hubiera sorprendido declarando su amor.

—Estaré fuera —murmuró él y mirándome a los ojos bajó la cabeza y me besó suavemente en los labios.

Se puso de pie y antes de que tuviera la oportunidad de alejarse agarré su mano.

—Quédate —dije.

Zaid sonrió y se sentó en la silla sin soltar mi mano. Estuvo ahí en silencio mientras Isabella, después de haberme mirado para confirmar, le contaba lo que había ocurrido. Todo, desde mi primera visita al médico cuando me dijeron que tenía un tumor en el ovario izquierdo. Demasiado grande para ser benigno, imposible de quitar sin una histerectomía total.

Recuerdo salir de la consulta mareada y asustada. Ni siquiera había escuchado a la doctora decir que el diagnóstico no era definitivo, que debía consultar otro médico, que necesitaba más pruebas.

Isabella fue la que me salvó. El tumor era malo, pero había conseguido extirparlo. Solo el tumor y el ovario izquierdo, el resto se había quedado ahí donde debía estar.

La segunda cirugía fue por una infección que según Isabella no debía haber ocurrido, pero todo estaba bien. Estaba a salvo.

Zaid no dijo nada ni entonces ni después de que Isabella se fuera. Continuó con la mirada hacia abajo ahí donde su mano sostenía la mía. El silencio me estaba poniendo nerviosa.

—Estabas enfadado porque había olvidado el reloj, ¿recuerdas? —dije—. Luego tuve que cuidar a Lily y se me olvidó. Bueno, no del todo, pero con todo lo que estaba pasando, el funeral, Storm, tu comportamiento, decidí dejarlo todo en manos del destino. ¿Sabes? Estaba cansada de vivir con miedo, de esperar un poco de felicidad de la vida. Por un tiempo pensé que esa etapa de mi vida había pasado, que a tu lado podía ser feliz, pero luego cambiaste y creía que la vida no valía la pena.

—Creíste mal, Sky —gruñó Zaid.

—Lo sé, pero en ese momento parecía la mejor solución, la más fácil. Luego Lily me recordó que ella tampoco tenía a nadie, que la vida es difícil, pero hay que seguir luchando.

—He cambiado de opinión —dijo él.

Mi corazón se encogió. ¿Ya no me quería porque había confesado que en un momento de debilidad estuve a punto de tirar la toalla?

Zaid cogió los anillos de mi mano y las colocó de nuevo en

mi dedo.

—No voy a esperar a ganar tu corazón. Esto —dijo levantando mi mano y tocando con el dedo los anillos—. Esto de aquí es tu recordatorio. Mi corazón te pertenece, si te vas de este mundo te lo llevarás contigo. Seguirá latiendo, pero nunca más va a amar a otra mujer. Asiente si me has entendido.

Asentí.

—Bien, ahora voy a por un café porque si me quedo un minuto más voy a estar tentado de azotarte por pensar estas tonterías. ¡Jesús, Sky! —gruñó.

—¡¿Perdona?! ¿Me quieres azotar por pensar tonterías? ¿Tú? ¿El hombre que cree que lo estoy engañando con su guardaespaldas? —espeté.

—Café. Ahora vuelvo —dijo Zaid encaminándose hacia la puerta.

—¡No, Zaid, vuelve aquí!

Nada.

Se fue. Maldito hombre.

$$\infty \, \infty \, \infty$$

—Despacio —dijo Zaid.

Giré la cabeza y mi mirada que debía asesinarlo en ese mismo instante le provocó gracia. Se echó a reír.

—Estoy. Bien.

—Claro que sí, nena —dijo él.

Ayer mismo me declaró sus intenciones. Me dijo que me quería y bla, bla, bla. Y estuve feliz, obvio, pero justo en este momento quería ponerle fin a su vida. Me daba igual si me quedaba viuda, si perdía al amor de mi vida.

Zaid iba a morir. Si no terminaba con este comportamiento de súper cuidador me voy a ver obligada a ponerle fin a su vida.

He pasado de sentir mariposas en el estómago a desear verlo tomar su último aliento y en veinticuatro horas. Lo había conseguido en un día. Debía ser un récord o algo parecido.

Era un hombre maravilloso. Pasó el último día conmigo en el hospital cumpliendo cada deseo dicho y no dicho. Me alimentó, me dio de beber, aunque era capaz de hacerlo yo sola. Me cambió los canales de tv hasta encontrar algo interesante.

Me sostuvo la mano mientras las enfermeras de Isabella me pinchaban con sus agujas y cuando la medicina tardaba en hacer efecto y volvía el dolor.

Durante unas horas lo disfruté. En serio. Amé verlo tan preocupado, tan pendiente. Pero cuando me di cuenta de que ni siquiera podía suspirar sin tener sus ojos sobre mí ya no me pareció tan maravilloso.

De hecho, empezó a molestarme.

Si tosía llamaba a la enfermera. Si me movía y hacía una mueca de dolor llamaba a Isabella. Si le parecía que mi mano estaba caliente pedía que me tomaran la temperatura por si tenía fiebre.

No podía respirar.

Y se lo dije, pero me miró con esos ojos suyos tan intensos, tan morados, que olvidé la razón de mi enfado.

Hace dos horas Isabella me había dado el visto bueno para irme a casa. Zaid no estuvo de acuerdo y solo cuando le dije que Lily debía estar preocupada aceptó llevarme a casa.

Y aquí estábamos. Medio minuto después de haber bajado del coche. Un minuto después de haberle gritado que no quería que me llevara en brazos.

Despacio. Como si no supiera que necesitaba ir despacio,

como si no sintiera dolor cada vez que intentaba caminar derecha. Pero, no era una niña, sabía qué podía hacer.

—Empezabas a gustarme, ¿sabes? —murmuré caminando despacio hacia la entrada de la casa.

—¿Solo gustarte?

—Empezaré a odiarte, tú sigue y lo verás —amenacé.

De nuevo tuve que escuchar su risa y esta vez exploté. Me paré a medio camino, me puse delante de él y coloqué la mano sobre su pecho para pararlo.

—Zaid —susurré entre dientes—. Me estás sobreprotegiendo y no me gusta. No sé si es porque estuve a punto de morir o porque nunca tuve a nadie que me cuidara tanto como tú, pero me pone muy nerviosa. Por favor, para. Estoy bien, no al cien por cien, pero Isabella dijo que en una semana estaré como nueva. Confía en ella y déjame respirar.

—Lo intentaré —dijo.

Lo miré con los ojos entrecerrados porque algo en su mirada no me convencía.

—Lo prometo. —Sonrió como si pudiera leer mis pensamientos.

Más tranquila me di la vuelta y reanudé mi camino.

Zaid mantuvo su promesa. Lo intentó. Más de una vez lo vi abrir la boca para decir algo, solo para recordar la promesa y cerrarla. Su comportamiento me mantuvo distraída durante los siguientes días.

Me propuse ver si Zaid era capaz de mantener su palabra.

Le pedí helado para cenar. Dijo que sí a pesar de que Isabella le había dicho que no.

Le pedí que me dejara sola para ducharme. Dijo que no hasta que acepté dejar la puerta entreabierta.

Le pedí que durmiera conmigo. Dijo que sí y no durmió.

Nos quedamos despiertos hasta tarde hablando y cuando yo me quedé dormida él se quedó despierto porque tenía miedo a golpearme mientras dormía.

Le pedí mil cosas. Me dio mil cosas.

Excepto llevarme al almuerzo. Se negó rotundamente.

Era viernes por la noche y Aya había llamado para preguntar si podía ponerle un vestido rojo a Lily mañana. Aya quería dibujar a la pequeña, pero Zaid no quiso escuchar nada sobre el almuerzo.

—Pero si Isabella dijo que ya puedo hacer vida normal —le dije.

—No dijo eso y lo sabes, dijo que ya puedes bajar a comer en el salón, que puedes dar paseos cortos, que no puedes, bajo ningún concepto, alterarte.

—Es un almuerzo —espeté.

—Con mi familia nunca es un almuerzo, siempre ocurre algo. La última vez te desmayaste y te tuvimos que llevar al hospital, pasamos horas esperando noticias sin saber si estabas muerta o viva. No, gracias, no iremos al almuerzo. Habrá drama y tú necesitas tranquilidad.

Quería ir.

Sentía algo, algo como una necesidad loca de vivir, de estar rodeada de personas, de disfrutar de risas y charlas.

Quería vivir.

—Puedes llevarme en brazos. —Sonreí y Zaid sacudió la cabeza—. ¿Y si prometo no levantarme del sofá? —Otra sacudida—. ¿Y si te cuento un secreto?

—¡No, Jesús! —gruñó Zaid.

Se dio la vuelta hacia el tocador donde estaban mis medicamentos que debía tomar antes de dormir. Cogió las que necesitaba y me los entregó junto con un vaso de agua. Las tomé sonriendo.

Zaid estaba enfadado. Ni hacía falta mirarlo, ya se notaba en el aire.

Tragué las pastillas mientras él daba vueltas en la habitación.

—Ok, estoy listo para escuchar tu secreto —dijo sentándose en la cama.

—Te amo.

Lo dije rápidamente y creo que por eso Zaid se me quedó mirando de esa manera, como si no me hubiera escuchado.

—¿Zaid?

—Anda, túmbate y a dormir que es tarde.

¿Estaba hablando en serio?

—¿Me has escuchado? —pregunté.

—¿Tú me has escuchado a mí? —gruñó.

Se puso de pie y empezó a colocar mis almohadas, luego esperó a que me tumbara. No lo hice.

—Algo está mal con esta conversación —le dije.

—Sí, ¿sabes qué es? Que la primera vez que mi mujer me dice que me ama no puedo cogerla en mis brazos y besarla. No puedo hacerle el amor como me gustaría. Así que, túmbate.

—Oh, puedes besarme y también puedes decírmelo de vuelta, ¿sabes?

Se inclinó, puso las manos en mis mejillas y me dio un beso en la frente.

—Te amo, Sky Kader y te amaré hasta mi último aliento. Ahora duérmete.

Me tumbé, sonreí y en lo que tardó Zaid en ir hasta el cuarto de baño y volver me quedé dormida.

Por la mañana me desperté sola. Me sorprendió, pero

aproveché para hacer lo que quería sin las protestas y los comentarios de Zaid. Luego fui a ver si Lily seguía dormida y no estaba en su habitación.

Eso también me sorprendió porque todavía era muy pronto para ella. Mientras iba hacia la cocina fui notando cosas. Un jarrón de flores aquí y allá, una chica joven que nunca había visto estaba limpiando el polvo en el salón.

Hasta ahora había creído que los empleados de Zaid eran seres invisibles, con poderes especiales que limpiaban la casa cuando no estábamos mirando.

Continué mi camino y tropecé con más personas. En la cocina ni siquiera me atreví a entrar. Abrí la puerta y me asusté al ver el ejército de personas que estaban preparando comida.

Nina, la niñera de Lily estaba en un rincón tomando café.

—Buenos días, Lily está con el señor Kader, han ido a cabalgar —dijo.

Ni siquiera me molesté en preguntar más. Me di la vuelta y me encontré cara a cara con mi enfermera, la nueva mano derecha de Zaid.

—¿Te gustaría desayunar en la terraza? —me preguntó—. Hace una mañana muy bonita, puedo llevarte el desayuno allí.

Asentí y de camino a la terraza cogí el teléfono. Cinco minutos después y gracias a que en esta familia no había secretos sabía lo que se estaba preparando en la cocina.

Zaid había cambiado el almuerzo. Nos había incluido en el ritual y dentro de unas horas la casa se iba a llenar de un montón de personas.

Aya apareció media hora después. Mi desayuno estaba sin tocar sobre la mesa y ella cogió una tostada, le dio una mordida y me miró divertida.

—Ya sabía yo que ibas a agobiarte —dijo ella.

—No estoy segura de que agobiar es la palabra correcta

para describir cómo me siento ahora mismo.

—Zaid solo quiere cuidarte.

—¿Invitando a toda su familia aquí? Aya, esto no es cuidar —espeté.

—Tu familia, Sky, y si tenías dudas olvídalas. Eres oficialmente parte de la familia. Bienvenida a la locura.

Aya estaba bromeando. O no.

$$\infty \infty \infty$$

—¿Ves? No hay drama —le dije a Zaid mirando a su familia, nuestra familia sentada alrededor de la mesa.

La comida estaba rica y todos la estaban disfrutando. El almuerzo, mi primer almuerzo como esposa de Zaid estaba siendo un éxito total. Diversión, risas y nada de drama y yo no me había encargado de nada.

—Todavía —gruñó él.

Sonreí ignorando su ceño fruncido. Estaba feliz. Lily estaba feliz. Storm seguía ignorando mis mensajes, pero era mayor. Podía encargarse de sus problemas.

Seguía sonriendo cuando sentí la mano de Zaid en la nuca y cuando me giré sus labios cubrieron los míos antes de tener la oportunidad de abrir la boca. Deslizó la lengua dentro de mi boca y pude saborear el vino que él había tomado.

Me incliné hacia él, olvidando que no estábamos solos, que había niños pequeños en la mesa. Afortunadamente, o no, extendí la mano y golpeé un vaso. El ruido hizo que Zaid rompiera el beso y que todo el mundo nos mirara.

Estaba avergonzada hasta el cielo y de vuelta y me hubiera levantado de la mesa, pero Zaid puso la mano sobre mi muslo. No sé si lo hizo para mantenerme en mi silla, lo que sé es que su toque me hizo desear echar a todos y encerrarme en el dormitorio con mi marido.

—Uno menos —murmuró Isabella—. ¿Quién es el siguiente?

Zaid se echó a reír, igual que la mayoría de los demás. Solo una pequeña parte no lo hizo, de hecho, se veían tan mal que pensé que la comida les había sentado mal.

—¿El siguiente? —le pregunté a Zaid.

—Para casarse —dijo él.

—Z —exclamó de repente Aya—. Él es el siguiente, ¿no? Tiene que casarse así que debe ser él.

Aya se veía nerviosa.

—¿Qué me he perdido? —susurré.

Esta vez fue Isabella la que me contestó.

—Resulta que esta generación cree que el matrimonio y el amor es una completa tontería, pero solo hay que ver lo felices que son cuando renuncian a estas creencias tontas. ¿Verdad, Zaid?

Él no respondió. Él solo me miró y me perdí en sus ojos morados. La forma en la que me miró era tan preciosa que sentí que se me humedecían los ojos.

—No tienes permitido llorar —dijo, inclinándose hacia mí.

—¿No?

—No, puedes ser feliz, puedes enojarte cuando me comporto como un idiota, puedes gritar. Pero no llorar, Sky.

—Tal vez debería preguntarle a Isabella si puede quitarme las glándulas lagrimales.

—No, no puedo y aunque pudiera no lo haría —dijo Isabella.

Me reí, pero me detuve cuando Zaid se inclinó para un beso

más. Corto. Dulce. Perfecto.

—Me aseguraré de que nunca tengas una razón para llorar por el resto de tu vida.

Epílogo

Tenía una sensación extraña. Algo iba a suceder y el miedo poco a poco se estaba instalando en mi corazón. Han pasado seis semanas desde que tuve mi segundo encuentro con el bisturí de Isabella.

Me sentía bien. El dolor había desaparecido, había recuperado mis fuerzas y de esas dos cirugías lo único que quedaba era el recuerdo y la cicatriz.

Mi vida iba bien. Mejor que bien, todo estaba maravilloso. Lily. Zaid.

Solo faltaba el visto bueno de Isabella. Llevaba toda la mañana en el hospital haciendo pruebas y por fin cuando nos llamó a su consulta tuvo que marcharse.

—¿Por qué no vamos a comer algo? —propuse.

Zaid, que llevaba media hora sentado en la silla de Isabella y aprovechando la espera para trabajar, levantó la mirada de la pantalla del ordenador y me miró.

—Ven aquí —dijo.

Me puse de pie, rodeé el escritorio y me senté en su regazo. Sus brazos me rodearon en un instante y como siempre una parte de mi preocupación desapareció.

—Todo estará bien —murmuré.

Un minuto después Isabella llegó y su rostro no decía que todo iba a estar bien. Decía alguien ha muerto o va a morir pronto. Empecé a temblar. Mi mente enseguida se llenó del peor de los escenarios.

Iba a morir.

—Lo siento, tuve que ir al quirófano —se disculpó Isabella sentándose al otro lado del escritorio sin importarle que Zaid y yo estábamos ocupando su silla.

—¿Todo bien? —preguntó Zaid.

—¡Diablos, no! ¿Sabes cuántas mujeres hay en este mundo que quieren ser madres, pero no pueden? —preguntó ella y enseguida hizo una mueca al darse cuenta de que yo era una de esas mujeres—. Oh, Dios, lo siento, pero esta situación es horrible. Llegó a urgencias una mujer con hemorragia, embarazada de veinticuatro semanas y cuando intentamos salvar al bebé nos dice que no hace falta. Que de todos modos es anormal. Llamó anormal a su bebé. Al parecer fue diagnosticado con el síndrome de Down y ella no lo quería, y espera que la situación se pone peor. Intentó deshacerse del bebé con unas agujas de tejer, esto después de haber probado con todo tipo de hierbas que encontró en internet. Imagínate las ganas de vivir de ese bebé que a pesar de todo nació y sigue luchando por vivir. Es tan pequeño y la única persona que debería protegerlo lo ha querido matar. No puedo —suspiró Isabella.

—¿Qué pasará con el bebé? —pregunté.

—Ella llamó a su abogado antes de entrar al quirófano, renunció a sus derechos así que le buscarán una familia al pequeño porque ese bebé va a sobrevivir. De eso no tengo ninguna duda.

La sensación extraña que llevaba sintiendo toda la mañana se convirtió en esperanza. Mi corazón latía acelerado y despacio giré la cabeza hacia Zaid. Él ya me estaba mirando, su expresión pensativa.

No sabía si era el momento de decir lo que pensaba, lo que sentía que debía hacer, pero instantes después Zaid me demostró que era el hombre perfecto para mí.

—¿Niño o niña, Isabella? —preguntó él.

—Niña —contestó ella.

Zaid inclinó la cabeza y presionó sus labios sobre mi mejilla.

—Daisy —susurró él—. ¿Te gusta el nombre de nuestra hija?

Asentí con lágrimas en los ojos.

—Supongo que nadie quiere escuchar las buenas noticias —dijo Isabella.

Me eché a reír y luego escuché lo que Isabella consideraba una buena noticia. Era increíble, pero eso no cambiaba nada. Poco después ella nos llevó a conocer a Daisy, una pequeña guerrera que iba a ser la hermana perfecta de Lily, mi hija, la hija de Zaid.

∞∞∞

Sentí que la cama se movía antes de que mi cabello se deslizara por mi cuello.

Abrí los ojos, giré la cabeza y vi a Zaid. Estaba sentado al lado de mi cama, su peso en su mano en la cama al otro lado de mí, sus ojos en mí.

—¿Es hora de despertarme? — pregunté soñolienta.

—Sí —respondió, su voz extraña, más profunda y retumbante, el sonido, especialmente a primera hora de la mañana, absolutamente encantador.

Decidí no decirle eso y, en cambio, me di la vuelta quedando atrapada entre la cama y el cuerpo duro de mi marido.

—¿Puedo tener diez minutos más?

La noche había sido difícil. Daisy se despertó mil veces y tardó mucho tiempo en quedarse dormida de nuevo. Parecía que no había dormido más de unos minutos y si podía conseguir unos pocos sería increíble. Por eso le sonreí a Zaid, esperaba seducirlo para esos preciosos minutos en los que él se encargaría de las niñas.

Pero él se acercó más a mí y su voz era aún más profunda y retumbante cuando me susurró: —¿Puedo tenerte yo a ti?

Sentí que todo mi cuerpo se derretía contra el colchón. Oh, Dios.

Zaid siguió hablando.

—Mi madre ha recogido a las niñas para una mañana con los abuelos. —Se acercó aún más—. Tenemos horas.

—¿Horas? — respiré.

Había pasado mucho tiempo desde que había recibido algo más que unos besos y caricias de Zaid. Primero estábamos enfadados y yo pensaba que íbamos a divorciarnos, luego la cirugía y el tiempo que tardé en recuperarme mantuvo esa parte de nuestra relación fuera de cobertura.

La parte buena es que, aun sin sexo, nuestra relación era mejor que antes, más fuerte. Éramos padres, esposos y ahora íbamos a ser de nuevo marido y mujer.

Su boca golpeó la mía, pero sus ojos no se cerraron, así que estaba mirando sus ojos morados cuando susurró con énfasis: — Horas.

— Amo a tu madre —respondí y vi sus ojos sonreír.

Luego cerré los ojos porque había visto su cabeza inclinada y sabía que me iba a besar. Lo hizo y me derretí más profundamente en el colchón, pero solo por un momento. Cuando mi boca se abrió y su lengua se deslizó dentro, sus brazos se cerraron a mi alrededor y me sacó de la cama y me sentó en su regazo.

Todavía besándome, cayó hacia atrás en un giro llevándome con él para estar correctamente en la cama y de inmediato, rodó para estar encima.

Me gustaba estar en la cama con mi marido. Me gustaba que él era lo primero que veía en la mañana. Me gustaba su voz toda profunda y retumbante. Me gustaba estar en sus brazos. Me gustaba que tuviéramos horas. Solos. Él y yo.

Me gustaba mucho su beso.

Tanto, que quería más de eso y de él. Por lo tanto, deslicé mis manos dentro de su camiseta y tiré hacia arriba arrastrándolas por la cálida piel de su espalda.

Por desgracia, cuando hice esto, separó sus labios de los míos. Afortunadamente, lo hizo solo para arquearse para que yo pudiera levantar más la camiseta y cuando mis brazos no pudieron alcanzar más, me ayudó y me la quitó, tirándola a un lado.

Eché un vistazo a su amplio y definido pecho antes de que se posara sobre mí de nuevo y tomara mi boca. Mi mente perdida en el profundo beso de Zaid, mi cuerpo sabía lo que quería. Entonces, doblé una rodilla, planté mi pie en la cama y corcoveé.

Zaid, siendo Zaid, me lo dio al ceder y permitirme rodarlo. Rodé con él, rompí nuestro beso y me levanté para mirarlo. Su cabello oscuro en mi almohada. Sus ojos eran cálidos pero lánguidos. Su rostro perfecto. Su garganta acordonada y su pecho musculoso allí mismo.

Todo increíble.

Y todo mío.

Decidí tomarlo e incliné la cabeza para deslizar mis labios contra su áspera mandíbula, gustándome la sensación afilada y erizada contra mi piel suave. Como me gustó tanto, fui por más, arrastrándolos por su cuello.

Esto trajo a la vista su garganta y siempre me había gustado eso, así que me moví para absorberlo con mis labios. Mi mano estaba encontrando piel caliente sobre músculo duro, lo que me recordó su pecho, así que me dirigí tranquilamente hacia allí. Dado que esa extensión era tan vasta, realmente necesitaba estar en la posición adecuada para hacerle justicia, así que me moví sobre Zaid, a horcajadas sobre sus caderas.

Arrastrando mis labios por todas partes, gemí cuando sentí que las manos de Zaid se deslizaban por mi camisón y luego por mis bragas para ahuecar mi trasero.

Encontré su pezón y lo rocé con mis labios. Atrás. Otra vez. Y otra vez. En la siguiente pasada, lo rocé con la punta de la lengua.

Escuché a Zaid emitir un sonido que sonaba como si viniera de lo más profundo de su pecho. Un ruido que reverberaba agradablemente entre mis piernas, justo cuando sus dedos se clavaban en mi trasero, algo que me gustaba. Mucho.

Levanté la cabeza para ver la suya en la almohada, su barbilla inclinada hacia abajo, sus ojos en mí. Otra sensación placentera latía entre mis piernas ante el aumento del calor en su mirada. Sostuve sus ojos mientras bajaba mi cabeza y lamía su pezón.

Su mirada se calentó aún más y sus dedos se apretaron de nuevo en mi trasero.

Seguí lamiendo mientras mantenía la conexión de nuestras miradas y finalmente cerré los ojos, volví toda mi atención a su pezón y lo succioné.

Una de sus manos se quedó en mis bragas mientras que la otra se deslizaba rápidamente por mi columna, en mi cabello para ahuecar la parte posterior de mi cabeza mientras gemía mi nombre.

Ante esta indicación, entendí que le gustaba mucho lo que yo estaba haciendo, seguí tirando de su pezón con mi boca mientras deslizaba mi mano por su pecho hasta su estómago y exploraba ligeramente las crestas allí.

Estas crestas eran fascinantes. Absolutamente.

Su mano se cerró en mi cabello. A él también le gustó eso.

Cambié pezones y manos, ahora mi mano derecha estaba enganchada y la arrastré más abajo, pasándola por el borde de la cintura de sus pantalones.

Levantó ligeramente las caderas.

Sabía lo que eso significaba y él rodó para darme acceso a todo de él, no estaría bien si no le diera lo que quería cuando lo quería como lo hizo conmigo.

Así que deslicé directamente mi mano dentro de sus pantalones y curvé mis dedos con fuerza alrededor de su polla gruesa y rígida.

—¡Joder, Sky! —gimió de nuevo, más profundo esta vez, su mano en mis bragas saliendo para poder envolver su brazo alrededor de mí.

Levanté la cabeza para mirarlo.

—Me gusta explorar tu cuerpo, Zaid.

Su voz era ronca cuando respondió: —Me gusta que explores mi cuerpo, Sky.

Esto me hizo extremadamente feliz.

—Me complace complacerte a ti —susurré.

—Sky, este cabello sobre mí —dijo Zaid, su mano retorciendo suavemente mi cabello —. Este camisón suave, tu cara bonita, tu boca fantástica, tu mano, de ninguna manera no podrías complacerme.

Eso significó mucho, besé su pezón, me deslicé y besé su pecho, arriba y besé la base de su garganta y arriba donde besé su mandíbula antes de mover mis labios hacia los suyos.

Fue entonces cuando lo acaricié con mi mano derecha.

—¡Jesús! —gruñó, sus ojos cerrándose, sus caderas corcoveando bajo mi mano. Sus ojos se abrieron y capturaron los míos.

Su mano en mi cabello deslizándose hacia afuera, bajando

por mi cuello, sobre mi pecho y luego hacia abajo donde ahuecó mi pecho. Mis labios contra los suyos se separaron y lo acaricié de nuevo.

—¿Vas a dejar que te toque también? —preguntó.

Absolutamente.

—Sí —susurré.

Su pulgar se deslizó por mi pezón sobre la seda de mi camisón. Lo acaricié de nuevo y presioné mis caderas en su mano trabajando entre nosotros. Su mano se movió hacia abajo, en mi camisón y hacia arriba y la tenía de vuelta en mi pecho, ahuecándolo, su pulgar raspando mi pezón.

¡Oh, Dios!

Lo acaricié de nuevo y me froté contra él.

—¿Qué tan caliente estás de tocarme? —preguntó, sus labios moviéndose contra los míos.

Volvió a acariciarme, mi respiración se intensificó y no respondí.

—¿Qué tan caliente estás, Sky? —presionó.

—Mucho —respiré.

Mientras lo acariciaba de nuevo, su brazo que estaba a mi alrededor se movió hacia abajo para que su mano pudiera volver a sumergirse en mis bragas, donde ahuecó mi trasero justo cuando su mano se deslizó lejos de mi pecho, hacia abajo, en la parte delantera de mis bragas y directamente dentro. Su dedo áspero se deslizó con fuerza sobre mi clítoris y luego se deslizó dentro de mí.

Se me cortó la respiración y luego me mordí el labio, mordí el suyo porque estaba justo allí e hizo otro ruido bajo que retumbó en su pecho cuando su dedo comenzó a moverse hacia adentro y hacia afuera.

—Tienes razón —dijo, su voz ahora ronca—. Estás muy

caliente.

Mi mano comenzó a acariciar más rápido, mi puño más fuerte, las únicas pausas fueron cuando llegué a la parte superior y rodeé su sedosa cabeza con el pulgar antes de bombearlo de nuevo. Deslicé mi nariz hacia la suya y jadeé mientras balanceaba mis caderas en su mano.

—¿Vas a besarme o simplemente provocarme con esa boca? —preguntó Zaid.

—No creo que pueda besarte — dije acariciando más rápido mientras mis caderas se balanceaban más fuerte cuando su pulgar golpeó mi clítoris.

Su mano se movió, su dedo salió, dos dedos entraron y su pulgar presionó y dio vueltas. Un sonido agudo escapó de mis labios y acaricié con más fuerza mientras su mano en mi trasero me agarraba con fuerza.

—Por mucho que me guste, vas a tener que renunciar, Sky. Lo que estás haciendo es increíble, pero esto terminará muy pronto si no lo haces.

Seguramente no quería que terminara, así que deslicé mi mano hacia arriba y giré la cabeza mientras él seguía acercándome con los dedos. Amaba lo que me estaba dando, amaba tenerlo ahí conmigo, pero de repente necesitaba más.

—Te quiero a ti dentro de mí.

Zaid movió su mano fuera de la parte de atrás de mis bragas, subió por mi columna vertebral y curvó sus dedos alrededor de mi cuello, atrapando mi cabello debajo de ellos, su pulgar firme en mi mandíbula antes de decir:

—Primero tendrás mis dedos.

Está bien, bueno... eso también sonaba bien y se lo dije.

—Después tendrás mi boca.

¡Oh, Dios!

Eso sonaba aún mejor.

—Está bien — murmuré, con una respiración superficial.

—Y luego te voy a follar.

—¡Zaid! —jadeé, porque estaba cerca. Tan cerca. Tan tremendamente, asombrosamente cerca.

—¿Está bien? —preguntó.

¿Estaba loco? Eso estaba mejor que bien.

—Sí —me las arreglé para exhalar y luego mi cabeza se habría disparado hacia atrás si su mano no estuviera en mi cuello, manteniéndome donde podía verme mientras gritaba, apretando su mano, apretando la mía alrededor de su pene. Todo dejó de existir excepto mi cuerpo a horcajadas sobre el grande de Zaid, su mano entre mis piernas, sus labios rozando los míos, sus dedos enroscados alrededor de mi cuello y las sensaciones que me recorrían.

Cuando pasó me dejó descansar mi frente en su cuello mientras mantenía su mano en la mandíbula, quitó la presión de mi clítoris y sus dedos se deslizaron suavemente a través de los pliegues húmedos entre mis piernas.

—¿Estás bien? —preguntó suavemente.

—¡Oh, sí! —respondí en voz baja, recordando en qué estaba enrollada mi mano y de nuevo rodeando la cabeza con mi pulgar.

Deslizó su mano de entre mis piernas, sobre mi cadera para que pudiera tomar nuevamente mi trasero.

—¿Quieres desayunar antes de que te folle?

Zaid había averiguado de muy mala manera que si tardaba mucho en desayunar me convertía en un monstruo. Sabía que necesitaba por lo menos media tostada antes de poder hablarme.

Asentí.

Quería decir más. Gracias por ser todo lo que eres. Gracias por proponerme matrimonio. Gracias por amarme. Gracias por hacerme la mujer más feliz. Gracias por darme la familia que necesitaba.

No tuve la oportunidad de decir nada de eso. Presionó mi cuello, lo que significaba que podía acercar mi boca a la suya.

Luego lo tomó mientras nos hacía rodar.

Después de eso, después de dos sorbos de café y dos fresas se dispuso a hacerme lo que me había prometido.

Horas después nos arreglamos y fuimos a almorzar con el resto de la familia.

∞ ∞ ∞

—¡Me encanta la Navidad! —gritó Lily, corriendo hacia el enorme árbol de Navidad.

—Hubiera sido raro si no —murmuró Zaid.

—¿Y de quién es la culpa? —espeté.

El descarado se echó a reír.

Esta mañana nos habíamos despertado de la misma manera, con Lily gritando. Quería bajar y ver si había llegado Papá Noel. Y viendo todos los regalos que había debajo del árbol estaba segura de que el pobre solo había tenido que hacer una parada. En nuestra casa.

Zaid había perdido la cabeza comprando regalos, tantos que no fui capaz de contarlos. Sin embargo, tengo que admitir que ver a Lily tan feliz fue tan precioso que decidí perdonar a mi marido y dejarle a él a cargo de la educación de nuestra muy malcriada hija.

Ah, sí, oficialmente y después de preguntárselo adoptamos a Lily. Era nuestra hija. Daisy era nuestra hija. A ella también la adoptamos y las dos niñas eran lo mejor que nos había pasado.

Y las sorpresas seguían llegando a nuestras vidas, pero por ahora iba a guardar para mí la última de ellas.

Era Navidad, la primera que pasaba con Zaid, con nuestras hijas, con nuestra familia. Ya conocía a todos, no esperaba que la fiesta de Navidad fuera diferente a los almuerzos de los sábados, pero estaba equivocada.

Está familia no bromeaba con la Navidad.

Un árbol enorme en el salón con cientos de regalos debajo. Otros árboles en las otras estancias de la casa de Isabella. Galletas, ponche, villancicos y risas.

—Odio la Navidad —dijo Isabella.

—Ignórala, solo le gusta decir eso. La verdad es que le encanta —explicó Ava.

Miré a Isabella mientras Ava me entregaba una copa de champán. Era demasiado temprano para beber, pero cogí la copa. Isabella me la quitó de la mano antes de poder llevarla a mi boca.

—Se acabó el alcohol para ti —espetó ella.

—¿Qué? —exclamó Ava.

—Shh —murmuré, mirando alrededor para ver si alguien había escuchado las palabras de Isabella—. Zaid todavía no lo sabe.

—¿Y qué esperas? —preguntó Isabella y como si fuera capaz de leer mi mente cogió mi mano y se acercó—. Todo saldrá bien, tienes mi palabra.

Durante la fiesta pensé en el futuro, en ese secreto que llevaba semanas ocultando a mi marido. ¿Por qué lo hacía? Por miedo o eso era lo que me decía a mí misma cada minuto del día. Miedo a que toda mi vida, toda la felicidad fuera un sueño efímero.

—Esto es tan estúpido —murmuré mirando la nieve caer.

—¿La nieve es estúpida? —preguntó Zaid poniendo las

manos en mis caderas.

Incliné la cabeza cuando sus labios se deslizaron sobre mi cuello y sus manos hacia mi abdomen. En el momento en que me acarició supe que él lo sabía.

—¿Sabes, Sky? No quería amor, ni tampoco complicaciones, pero ahora no podría vivir sin ti, sin nuestras hijas, sin ver tu sonrisa cada día. No volveré a dormir tranquilo el resto de mi vida, pero no cambiaría nada. Te amo tanto que no podría vivir sin ti.

∞ ∞ ∞

—Amo los finales felices —murmuró Mia.

—¿Y quién no? —dijo Zein mirando a su hijo y a su nuera abrazados. Mia sonreía feliz. —Me alegro de que todo se haya arreglado sin mucho drama, no han sufrido mucho, ¿no?

—Ya me hiciste tú sufrir suficiente —espetó Mia.

—¿Todavía no me has perdonado por eso?

—¡Obvio que no! —Sonrió Mia.

Perdonó a Zein por romper su corazón hace mucho tiempo, pero le gustaba verlo fruncir el ceño. A Mia le gustaba todo de su marido. Le gustaba la manera en la que la amaba a pesar de que habían pasado tantos años juntos. Le gustaba que todavía sintiera mariposas en el estómago cuando él le sonreía.

Y ahora su hijo estaba viviendo un amor parecido al suyo.

Mia buscó a su hija en la multitud. Esperaba que Aya fuera la siguiente en encontrar el amor y viendo la expresión en el rostro de su hija al entrar en el salón supo que no iba a tener que esperar mucho.

Fin

La historia de Aya la pueden leer en Amor en Navidad, relatos cortos.

Agradecimientos

Gracias a mis lectoras.

Gracias a Euli, Fabiola, Janette, Bego, Saguian, Mirna, Yolanda, Elena, Tamara, Ela, Flora, Karlita, Ramona, MaryCielo, Nicole, Aida, Arlette, Cynthia, Paola, Vanessa, Rosario.

Gracias, chicas, por acompañarme cada día en Instagram.

¡Feliz Navidad!